JAZZ EN DOMINICANA

LAS ENTREVISTAS 2024

FERNANDO RODRIGUEZ DE MONDESERT

Ukiyoto Publishing

All global publishing rights are held by

Ukiyoto Publishing

Published in 2025

Content Copyright © **Fernando Rodriguez De Mondesert**

Cover Art by **Guillermo Mueses**

Corrections by **Eduardo Diaz Guerra**

Author's Photograph by **Pedro Bonilla**

ISBN 9789367953822

All rights reserved.
No part of this publication may be reproduced, transmitted, or stored in a retrieval system, in any form by any means, electronic, mechanical, photocopying, recording or otherwise, without the prior permission of the publisher.
The moral rights of the author have been asserted.

This book is sold subject to the condition that it shall not by way of trade or otherwise, be lent, resold, hired out or otherwise circulated, without the publisher's prior consent, in any form of binding or cover other than that in which it is published.

www.ukiyoto.com

Dedicatoria:

Este es el sexto libro de la serie Jazz en Dominicana - Las Entrevistas. El mismo recoge encuentros sostenidos con 9 músicos dominicanos durante el 2024. Los libros publicados a la fecha, contienen entrevistas a 52 músicos y 10 productores de festivales, eventos y programas radiales; quienes han contribuido y están contribuyendo enormemente en todos los estilos y en todas las épocas de la historia del jazz en la República Dominicana. A estos actores dedico estas obras.

Una muy especial dedicación a mi querida esposa Ilusha, quien ha sido y es mi gran apoyo, consejera, inspiración y sobretodo … mi amiga; quien con Sebastián, Renata y Carlos Antonio, motivan a que de más y sea mejor cada día. A Eduardo, Guillermo, Pedro y Freddy, quienes desinteresadamente han colaborado con esta publicación.

Siempre ha y sigue siendo nuestra intención que a través de estas entrevistas brindemos al lector una mirada a los talentosos actores que son una parte esencial de la escena del jazz en nuestro país, la República Dominicana.

Es por todos ustedes y por el jazz en nuestro país, que estos esfuerzos se hacen y se seguirán haciendo, con mucho amor, ilusión, entrega y pasión!!

Agradecimientos:

Hace 18 años Jazz en Dominicana comenzó como un medio digital enfocado en informar sobre la dinámica del jazz en la República Dominicana; a través del tiempo se ha convertido en un proyecto que ha realizado una labor de promoción y desarrollo de nuestros talentos, en el país e internacionalmente. Estoy muy agradecido de los músicos (los de ayer, los de hoy y los del mañana); del gran público que sigue el jazz; de los establecimientos que han sido y son centros de presentaciones; de las marcas que patrocinan y creen en este género; de los medios escritos, digitales, radio y televisivos; y de los grandes amigos, por su gran apoyo y respaldo.

Agradezco a la Ukiyoto Publishing por creer que un blog de jazz y en español, pudiera tener un contenido de calidad, pudiera motivar a que ellos me invitaran a entregar un nuevo título.

Por último quiero agradecer al gran equipo humano que me acompaña en esta labor de amor hacía el jazz … ellos son productores, técnicos de sonido, ilustradores, diseñadores, fotógrafos, colaboradores y más; personas especiales quienes siempre están prestos para el próximo evento, proyecto y aventura jazzística.

A todos, mi más profundo agradecimiento y reconocimiento

Prólogo

Con el fin de preservar y transmitir los hechos y las costumbres, el hombre escribe; en ocasiones sin llegar a medir, en su justa dimensión, el alcance de la obra, y las connotaciones que vaya tomando el tema desarrollado a través del tiempo. Como lector, el ser humano se vale de esta herramienta para "estar presente" en ese momento que el autor se ubica, o al que quiere ubicar. Esto lo logra haciendo referencia de lo que se vive; lo que se ve, y lo que se escucha. Y sobre esta palabra última "escucha", tenemos la oportunidad de contar con una persona que no ha desdeñado ni una sola oportunidad para influir en lo que se escucha, y en cómo se escucha el jazz; usando, entre tantos modos, este que es el de la literatura, al escribir la más reciente obra de la serie "La Entrevistas". ¿Y qué logra este tenaz promotor, desarrollador, productor radial, productor de eventos, y, sobre todo –considerando el caso de la especie-, escritor, Fernando Rodríguez De Mondesert, con este séptimo título correspondiente al sexto libro de entrevistas? Pues mostrarnos a un profesional que trasciende el mero oficio de promocionar este género musical, cada vez más consumido.

Esta renovada publicación de "Jazz en Dominicana: Las Entrevistas 2024" nos entrega, además de las esperadas y didácticas entrevistas; con puntuales y complejas preguntas; en distintos escenarios; y en dos idiomas, a protagonistas del escenario local; residentes tanto en República Dominicana, como en el exterior; un formato que incluye tecnología QR para poder escuchar la música del entrevistado. En fin, una experiencia integral.

Y refiriéndonos "la experiencia"; la del autor, entre tantas cosas, se pone de manifiesto al entrevistar estos nueve destacados músicos; sumando con ello más de medio centenar en su haber, además de una decena de productores radiales, de eventos, conciertos y festivales; sumando a esto la presentación de las contribuciones de 50 mujeres del jazz.

Al leer estas entrevistas podemos percibir un Fernando Rodríguez de Mondesert relajado, en plena confianza con el entrevistado, quienes no están menos relajados. Esto da lugar a que resalten valores morales de los personajes; así como formación, trayectoria y sus propias reflexiones. Con sumo dominio y sutileza escudriña los procesos de creación, sus gustos y sus inclinaciones musicales; logrando con ello, que el lector penetre en el interior de estos músicos; los cuales, al detallar sus influencias y retos, logran que el interesado amplíe su campo cognitivo en materia del jazz, y eleve así su acervo. Todo esto Fernando lo lleva a cabo con un evidente interés altruista que subyace en sus preguntas; señal inequívoca de tener una plena intención de contribuir.

Cordialmente le invito, amigo lector, a entregarse a este trabajo de antología denominado "Las Entrevistas 2024", el benjamín de "Jazz en Dominicana"; séptima publicación de este medio (Ukiyoto Publishing); que desde el 2006 está creando y compartiendo contenidos para todos los amantes de este apreciado género musical.

Freddy De la Rosa Martínez

(Tantas Veces Freddy)

Freddy es un ser excepcional que disfruta en grande el vivir y gozar la vida y todo lo que esta ofrece, entre ¨tantas¨ cosas es Productor Radial, Melómano, Gestor Cultural, Dueño de Bar, y sobre todo gran amigo!

Un libro con música para escuchar

Como una forma de hacer esta lectura interactiva y didáctica, los textos son sustentados con la inclusión de códigos de respuesta rápida "QR" (Quick Response Code). Este permite escuchar al instante, a través de un teléfono móvil u otro dispositivo tecnológico, muestras de los trabajos de los entrevistados.

Este es un recurso que que conecta a los lectores con los entrevistados.

Descarga un aplicación de lectura de Código QR, disponibles en Google Play Store, si tienes Android, o App Store, si cuentas con tecnología de Apple.

CONTENIDO

Gustavo Rodríguez	1
Alex Díaz	11
Carlos Marcelo	25
Ivanna Cuesta	41
Carlos Herrand Pou	54
Iván Carbuccia	65
Román Lajara	72
Daroll Méndez	81
Jhon Martez	90
Sobre el autor	*102*

Gustavo Rodríguez

--- 1 de 2 ---

Quería algo muy especial para la publicación de nuestra primera entrega, en este 2024, de la Jazz en Dominicana: Serie de Entrevistas. Cuando estaba preparando la lista de los entrevistados me asaltó el nombre del gran músico, compositor y educador Gustavo "El Gus" Rodríguez, quien además es un muy especial ser humano, a quien tengo el honor de llamar mi amigo.

Nos reunimos en varias ocasiones, antes de dar inicio a los conciertos en el Fiesta Sunset Jazz para, entre sorbos de café, tener un conversao en el que preguntas iban y respuestas venían con gran facilidad. Antes de entrar en la entrevista, me permito compartir unos datos biográficos sobre el Gus:

Gustavo Adolfo Rodríguez Zorrilla, "Gus Rodríguez", es un reconocido pianista de jazz, productor, arreglista, director musical y profesor de música. Fue fundador del Departamento de Música Moderna del Conservatorio Nacional de Música de República Dominicana. Realizó sus estudios en The Grove School of Music en Los Ángeles, California, graduándose del Keyboard Instruction Program (KIP) en 1987, seguido por un Recording Engineer Major (REM) y Composing and Arranging Program (CAP). Ha participado en reconocidos festivales nacionales e internacionales de jazz, como el International Jazz Panyard, Ramajay, Trinidad y Tobago Jazz Festival, Dominican Republic Jazz Festival; Festival Internacional de Jazz Restauración, Santo Domingo Jazz Festival en Casa de Teatro. Como compositor, ha creado las bandas sonoras de varias películas del cine dominicano. También se ha destacado como director musical de producciones teatrales.

De la mano de La Oreja Media Group lanzó, en el 2022, la producción discográfica Amargue Sessions, Vol. 1. Esta fue seguida, en el 2023, por Amargue Sessions Duets, y hace unos días, con motivo del Día Internacional de la Mujer, lanzó Mujeres en Amargue, Vol. 1. ¡¡¡Entren y lean la entrevista, para que se enteren de lo que será la primera producción de jazz del Gus!!!

Rodríguez, además de estar produciendo su música, las grabaciones, las tocadas y relacionados es profesor de arreglos, composición, improvisación y entrenamiento armónico en la Escuela de Música Contemporánea de la Universidad Nacional Pedro Henríquez Ureña (UNPHU).

A continuación, damos inicio a esta primera de dos partes de nuestro encuentro con el Gus.

Jazz en Dominicana (JenD):¿"Quién es Gustavo Rodríguez, según Gustavo Rodríguez "?

Gustavo Rodríguez (GR): Un ser humano sencillo, sensible y con un gran amor por la música y por la vida.

JenD: ¿Dónde naciste y creciste?

GR: Nací en Gazcue, Santo Domingo, República Dominicana y crecí allí mismo.

JenD: ¿Cómo te inicias en la música?

GR: En mi casa había una academia de piano, y mis tíos, que vivían conmigo, eran músicos profesionales. Ellos me pasaron el amor por la música.

JenD: ¿Por qué escogiste piano?

GR: Bueno... en realidad, yo siempre toqué guitarra, piano, bajo y batería... y era como un juego; mis hermanos, primos y yo nos alternábamos los instrumentos. Pero al final, entré en la academia de mi casa, a estudiar piano, y desde ahí me fui por ser pianista.

JenD: ¿Quiénes fueron y son tus influenciadores?

GR: Es una gran lista, comienza con mis tíos... luego, tuve como profesor a Miguelito Méndez, Juan Luis Guerra, Toné Vicioso, la Escuela Elemental de Música del Conservatorio y, finalmente, The Grove School of Music, en Los Ángeles, California.

JenD: ¿Quiénes o cuáles profesores te ayudaron a progresar a los niveles que has llegado hoy día? ¿Dónde y cómo fueron tus estudios?

GR: Mi profesora de piano en Grove School of Music fue Joyce Collins. También me enseñaron Claire Fischer, Henry Mancini, etc.

JenD: Vienes tocando desde hace mucho tiempo, y en muchos estilos y géneros a través de todos estos años. ¿Cómo han sido estas aventuras musicales?

GR: Comienzo diciendo que toco desde niño, y siempre fui influenciado por la música brasileña, y como en RD vivimos del turismo, los músicos tenemos que tocar todos los tipos de música, para la gente que viene de fuera, a hospedarse en los hoteles, y los que visitan las playas dominicanas. Y ha sido un viaje maravilloso.

JenD: Nombra algunos de los grupos con los que has tocado, sus estilos o géneros, y qué fueron estos para ti.

GR: Bueno... podría mencionar el Cuarteto de Guarionex Aquino, el Grupo Isla, La Gran Banda... he tocado con Pengbian Sang, Sandy Gabriel, Carlos Estrada, David Sánchez, Ed Calle, Patato Valdés, Rudy Regalado, Sergio Méndez, Armando Manzanero, etc. Estos estilos eran salsa, merengue, reggae, bossa nova, samba, swing, straightahead, 12/8 africano, bachata, fusión, World Music, boleros, funk, música afroperuana, etc. Y todo esto fue mi gran escuela.

JenD: ¿Practicas mucho? ¿Qué rutinas utilizas y recomiendas para mejorar habilidades musicales?

GR: Yo creo en la práctica, y en la práctica organizada; yo hago gráficas semanales de mis prácticas. Llevo una agenda de ejercicios, ya sean escalas, arpegios, acordes, voicings, y voy anotando cada ejercicio, qué tiempo practico en cada uno, y llevo una agenda de cada uno de ellos. Esto se llama rutinas y repeticiones. Utilizo el círculo de 4tas y 5tas para tocar todo en todos los tonos, porque uno tiene que tocar igual en todos los tonos. Es difícil, pero llega un momento en que se logra.

Al final de todas mis rutinas y repeticiones, entonces le dedico el tiempo a tocar sin pensar en todos los ejercicios ni repeticiones, solamente a tocar sin pensar... y con eso termino mi rutina de práctica.

JenD: ¿Cuáles, para ti, han sido los álbumes que más te han influenciado?

GR: Primero está Magdalena, de Ellis Regina, Wes Montgomery y su álbum Maximum Swing, Sergio Méndez y su álbum Brasil 66; Wave, de Antonio Carlos Jobim, Contigo aprendí, de Armando Manzanero, Return to Forever, de Chick Corea, April Joy, de Pat Metheny, The Cure, de Keith Jarret, California Here I Come, de Bill Evans, Mountain Dance, de Dave Grusin, On Fire, de Michel Camilo, etc.

JenD: ¿Que música escuchas en estos días?

GR: Estoy escuchando mucho a un pianista muy joven, que se llama Joey Alexander. También estoy escuchando a Leny Andrade y su disco Arte Maior.

Hasta aquí llegamos con esta primera parte...

--- 2 de 2 ---

Gustavo Rodríguez -Gus- siempre ha apoyado, desde sus inicios, a los variados espacios y las inquietudes, ideas y otras de Jazz en Dominicana, desde el 2008/2009 en Jazz en Dominicana en Casa de Teatro y Sunday Night Jazz & Blues @ Pata´E Palo, hasta hoy día, en la decimoquinta temporada del Fiesta Sunset Jazz. En duetos, tríos, cuartetos o más; fuese con su propia agrupación, como los Jazz Men, el Gustavo Rodríguez Trío o Quartet, o siendo el pianista de diversos proyectos, siempre ha estado ahí.

Hoy día le encanta acompañar a una gran cantidad de jóvenes que se encuentra en diversas etapas de su formación; y el Gus se entrega en cuerpo y alma a estos músicos, instrumentistas y vocalistas, a muchos que en un futuro serán los que formen parte de la escena del jazz y la música popular en nuestro país.

De veras que no cabe el orgullo en nuestro pecho por lo que Gustavo hace, día a día, en pro de la música en la República Dominicana, razón por la que inicio esta segunda parte con una muy sencilla pregunta, a la cual respondió con breves, pero profundas palabras…

Jazz en Dominicana (JenD): ¿ Cuál, para ti, es el balance entre la música, el intelecto y el alma?

Gustavo Rodríguez (GR): Es como el hilo, la chichigua y el cielo.

JenD: Tocas, arreglas, compones, enseñas. ¿Qué significa cada uno de estos renglones para ti?

GR: Son todos partes esenciales de la vida del músico. Hay que componer, arreglar, orquestar, producir, y también hay que transmitir los conocimientos como me los transmitieron mis profesores a mí. En la música hay que tener varias esquinas de dónde agarrarse, y dando es que se recibe.

JenD: ¿Cómo logras interesar a la juventud en el jazz, cuando la mayoría de los estándares tienen entre medio y un siglo?

GR: Cada vez que yo toco y dirijo, me entrego por completo en cada ejecución. Y de esa manera le transmito a los jóvenes que vienen subiendo la actitud, la entrega y la energía que hay que ponerle a la música.

JenD: Estás actualmente como profesor en la Escuela de Música Contemporánea de la UNPHU. ¿Cómo ves el talento que está surgiendo y preparándose para el futuro?

GR: Es una gran oportunidad que tienen los jóvenes para empaparse de los conocimientos transmitidos por excelentes profesores que componen la escuela de música de la UNPHU.

JenD: Por mucho tiempo has sido mentor de muchos músicos y vocalistas. ¿Como surgió en ti la decisión de ayudar a estos en su caminar en el mundo de la música?

GR: Tan pronto como yo conocí el Nuevo Testamento y a Jesucristo, este me enseñó a tener amor y compasión por el prójimo, como dice el primer mandamiento: amar a Dios sobre todas las cosas, y luego amar a tu prójimo como a ti mismo.

JenD: Si pudieras cambiar algo en el mundo de la música, y se pudiera convertir en realidad, ¿qué sería?

GR: Lo primero que haría es reformar la educación musical y comenzar con el sistema de orquestas en todos los barrios y pueblos, como sucedió en Venezuela. Y así sacaríamos a la juventud de las calles.

JenD: ¿Qué ves como la próxima frontera musical para ti?

GR: Quisiera dar a conocer mi música en todos los países del mundo.

Opiniones:

JenD: ¿ Cuál es tu opinión sobre el estado del jazz en la actualidad en nuestro país?

GR: Estoy muy contento, porque cada vez hay más gente que sigue el jazz, y agradecer a Dios que aquí, en RD, se puede vivir tocando jazz, como yo lo he hecho. Hay emisoras de radio que apoyan el jazz, hay espacios como Jazz en Dominicana, los festivales de jazz de Puerto Plata y de Casa de Teatro, etc.

JenD: ¿Qué planes hay para Gustavo Rodríguez en este 2024?

GR: Estoy sacando dos producciones: la de jazz y la de las cantantes. Y espero que esto sea del agrado del público y lo reciban de buena manera.

JenD: Gustavo, hablemos de la producción discográfica De Jazz en Cuando. ¿Cuándo te surge? ¿Por qué Latin Jazz?

GR: Alexis Brugal, de La Oreja Media, me convenció de que debía sacar un álbum instrumental, con composiciones y arreglos míos. Y el estilo del Latin Jazz… porque creo que es en el que yo mejor me desenvuelvo.

JenD: ¿Cuántos temas la conforman? ¿Son todas composiciones tuyas?

GR: Este disco está conformado por 7 composiciones de mi autoría. Yo tenía algunas de ellas esbozadas, y las otras, en su gran mayoría, las compuse especialmente para este disco.

JenD: ¿Hay algún tema que sobresale dentro de ellos?

GR: Todos los temas me gustan por igual, y este álbum...

JenD: ¿Exacto, ¿qué significa este álbum para ti?

GR: Es como la coronación de todos los trabajos que he venido haciendo con La Oreja Media.

JenD: ¿Quiénes te acompañan? ¿Dónde se grabó?

GR: En la batería, Otoniel Nicolás. En el bajo, Ernesto Núñez. En la percusión, Edgar Zambrano. Saxofón, José Montano. En la trompeta, Jhon Martez, y un servidor, en el piano. Se grabó en mi estudio, con mi piano que adoro. Se mezcló y masterizó en España, y estoy muy contento con el resultado.

JenD: Ya has grabado varios proyectos con La Oreja Media Group. ¿Qué significan ellos para ti, para tu carrera?

GR: Todos estos proyectos me han relanzado, y me siento muy feliz de haber encontrado gente que cree en mi música. Y ahora es que está realmente despegando la carrera de Gus Rodríguez.

JenD: Gustavo, en tus palabras... – ¿Qué quisieras adicionar y compartir con nuestros lectores?

GR: Quisiera terminar diciendo que todas estas producciones se han hecho entregando el corazón y el alma para enaltecer todos estos talentos dominicanos e internacionales, y espero que los reciban con agrado y sepan que vienen muchas más cosas en el futuro, de parte de Gus Rodríguez y La Oreja Media. Dios bendiga a todos.

----- 0 -----

El código QR de arriba le llevará a poder escuchar el álbum Gustavo Rodríguez - De Jazz en Cuando en su teléfono móvil u otro dispositivo tecnológico.

Alex Díaz
--1 de 2--

Al poco tiempo de iniciar el espacio Jazz en Dominicana en Casa de Teatro, nos visitó el amigo percusionista Julio "Julito" Figueroa, acompañado de un percusionista dominicano que residía en Nueva York, llamado Alex Díaz. Esa noche dimos inicio a una gran amistad, al compartir sobre el jazz, pero sobre todo, al escuchar sus vivencias sobre el gran Mario Rivera.

Iniciando este año le pedí a Alex para que, con su agrupación en Dominicana, y acompañado de su entrañable amigo, el saxofonista puertorriqueño Iván Renta, tocaran en el Fiesta Sunset Jazz el 26 de abril, para festejar la efeméride del Día Internacional del Jazz a ritmo de Merengue Jazz. En esa conversación surgió la idea de sacar una entrevista en la cual no hubiese ni límite ni filtro a sus respuestas.

He aquí la primera de dos partes de esta entrevista, resultante de varios conversaos telefónicos entre nosotros. Antes de iniciar, compartimos un poco sobre Alex.

José Alexis "Alex" Díaz nació en Baní, República Dominicana. A los 16 años de edad ya tocaba con Los Juveniles del Sabor, banda en la cual estaban Rubby Pérez y Aramis Camilo. En el 1980 se muda a New York, donde entra a formar parte de la banda de Hilton Ruiz, dándose a conocer de esta manera como uno de los mejores congueros en aquel ambiente. Esto resultó en invitaciones a tocar con Tito Puente, José Fajardo, Chucho Valdés, Mario Bauzá y su Afro-Cuban Band, Dizzy Gillespie y la United Nations Orchestra, Xavier Cugat, Celia Cruz, Alfredo "Chocolate" Armenteros y Mario Rivera.

Heredero del concepto de Merengue Jazz de parte de su mentor, Mario Rivera, "El Comandante", sus proyectos Son de la Calle, The Bebop Boogaloo Kings, Alex Díaz & His Merengue Jazz, y Alex Díaz & Santo Domingo AfroJazz han seguido realizando exquisitas fusiones de joyas del jazz tradicional con el merengue, además de composiciones y arreglos propios.

Con esta introducción damos inicio a esta entrevista con Alex Díaz:

Jazz en Dominicana (JenD): ¿Quién es Alex Díaz, según Alex Díaz?

Alex Díaz (AD): Alex Díaz es un músico dominicano, de la provincia Peravia y San Juan de la Maguana, descendiente del último cacique que hubo en San Juan de la Maguana, el gran Guacanagarix. Mis raíces son taínas y mi sangre, taína. Emigré a los Estados Unidos con la intención de seguir en la música y continuar aprendiendo más música. Tuve la gran oportunidad de que el maestro

Tito Puente venía a mi casa, a darme clases de música y vibráfono, y también los grandes maestros Mario Rivera, Patato Valdez, Mongo Santamaría, Daniel Ponce, Dizzy Gillespie, Emil Latimer, Baba Olatunji, Jerry González y Andy González, entre otros.

JenD: ¿Dónde naciste y creciste?

AD: En Baní, hasta los 20 años de edad; ahí fue que emigré a los Estados Unidos.

JenD: ¿Cómo te inicias en la música?

AD: Estudié en la Academia de Música José Reyes, de Baní. Ahí estudié solfeo y tambores. Tocaba ya en la Banda de Música de Baní a los 12 años, en la cual me pagaban por mis servicios. En Baní toqué con Julita del Río en El Bosque, famoso restaurant y sitio de bailar todos los domingos. También con Los Antillanos del Sabor y Los Juveniles del Sabor, con Aramis Camilo y Rubby Pérez; el director musical era Luichi Herrera. Mis primeros guisos fueron con Nina el Gago, famoso en todo Baní; Yeyén, bajista de mi pueblo. Después de ahí fue que emigré a Estados Unidos.

JenD: ¿Por qué escogiste la percusión?

AD: La percusión siempre me atrajo. Quería estudiar piano, pero no había muchos pianos en ese entonces.

JenD: ¿Quiénes fueron y son tus influenciadores?

AD: Ray Barreto, Eddy Palmieri, La Típica 73, Aldemaro Romero, de Venezuela, y Cachao y sus descargas -con el cual pude tocar, y con Tito Puente, en el Village- (en YouTube pueden ver el video: Tito Puente, Cachao y La Tormenta en el Village Gate en los 80).

JenD: ¿Quiénes o cuáles profesores te ayudaron a progresar a los niveles que has llegado hoy día? ¿Dónde y cómo fueron tus estudios?

AD: El maestro Tito Puente fue mi maestro de mambo y música cubana, también de vibráfono, el cual conservo (este era el vibráfono de Cal Tjader -lo muestra-, que se lo vendió a Tito, y él a mí); también tengo unos timbales y un shekere, y los tambores batá que le hizo Julito Collazo, para que Tito los usara en su famoso CD Tito Puente en Percusión. Después, Mario Rivera me dio clases de percusión y jazz para aprender a tocar los diferentes ritmos de todo el mundo y clases de vibráfono; también cogí clases de ritmos africanos con Mongo Santamaría, quien me regaló sus famosas congas rojas que usó en sus mejores grabaciones. Con Daniel Ponce tomé clases de songo y rumba cubana (Arturo Sandoval tocó en mi primer grupo - el grupo Kabiosile,- en el cual Tito Puente tocó, y me prestó su orquesta para esa grabación; Chocolate Armenteros también participó). Patato Valdez me enseñó a tocar congas, dos, tres, cuatro y cinco congas, y cómo afinarlas todas. A Dizzy Gillespie lo conocí en el Village Gate, junto con Baba Olatunji, y ellos también me dieron clases y toqué con ellos en el Village. En fin, son tantas personas que me ayudaron a ser un mejor músico que no los puedo mencionar a todos. Estudié también en Buffalo, New York, los ritmos africanos con el djembé y trabajé allá con un grupo de danzas africanas; en Baní toqué los palos con Los Tácitos, que eran los número uno allí.

JenD: ¿Cuáles han sido los álbumes que te han influenciado?

AD: El álbum Cocinando Suave, de Ray Barretto, Cachao y sus Descargas, Tito Puente en Percusión, Dizzy Gillespie Night in Tunisia; Thelonious Monk Piano Solo, Miles

Davis Kind of Blue y el Grupo Irakere, Miguelito Cuní, Arsenio Rodríguez, Hank Jones Piano Solo y Tommy Flanagan Piano Solo.

JenD: De Baní a Nueva York, ¿cómo es la historia?

AD: Cuando emigré a New York, la esposa mía en ese tiempo me pagó el viaje de venir a Estados Unidos. La ruta fue Haití y Jamaica -ahí fue donde conocí a Bob Marley, en el aeropuerto de Montego Bay-; de ahí pasamos a Las Bahamas y por último, a Bimini, que es la isla más cerca a Miami. Nos fuimos en lancha y llegamos nadando a Miami. De ahí, un avión al aeropuerto La Guardia, y lo demás es historia.

JenD: ¿Cómo conoces a Mario Rivera?

AD: A Mario Rivera lo vi por primera vez en el Cinema Centro, cuando él fue a República Dominicana con el grupo The Salsa Refugees, el cual eran los músicos Jerry González, Andy González, Hilton Ruiz, Steve Berríos y en la tambora estaba tocando Catarey.

JenD: ¿Cómo era el concepto de Merengue Jazz de Mario Rivera?

AD: El concepto era coger los temas de straightahead jazz y ponerles la percusión dominicana: merengue, pambiche, palos, también, y tomar nuestros merengues y adaptarlos al jazz.

JenD: ¿De dónde viene el apodo de La Tormenta?

AD: El apodo de Tormenta Díaz viene de un redoble combinado con acentos conversativos con el piano y el bajo, dentro del mismo redoble, y el maestro Tito Puente me bautizó así, ya que era como una tormenta, tumbando todo lo que había en el camino. Lo pueden escuchar en el tema: Fly with the Wind, en mi CD Seven; y en vivo por

YouTube Live in Miami, en el tema Mambo Mongo. El "golpe de la tormenta" es un redoble complejo, porque involucra a toda la sección de ritmo (Mambomongo por Alex Díaz, en el South Florida Dominican Jazz Fest 2015, del gran productor Peter Landestoy)

JenD: Vienes tocando por mucho tiempo, y en muchos estilos y géneros a través de todos estos años. ¿Cómo han sido estas aventuras musicales?

AD: Todo ha sido como una universidad de la música de todo el mundo, el blues y jazz, el bossa nova con Airto y Flora Purim; afro-cuban con los cubanos Chucho Valdez, Paquito D´Rivera y Arturo Sandoval; música española con la orquesta de Xavier Cugat; del mundo latino en NY, con Tito Puente.

JenD: Nombra algunos de los grupos con los que has tocado, sus estilos o géneros, y lo que fueron estos para ti.

AD: Tito Puente (el mambo, cha-cha-cha); Daniel Ponce (la rumba); con Patato Valdés, el Latin Jazz, al igual con Tito Puente. Xavier Cugat; toqué con el Ronny Mathews Trio, con Hilton Ruiz, que nos ganamos el premio Charles de Gaulle en París, Francia, en el 1984.

JenD: Además de tocar con Mario, has tocado con un "Quién es Quién" del jazz, latina jazz, salsa y música latina. ¿Qué significó para ti el poder tocar con Tito Puente, José Fajardo, Chucho Valdés, Mario Bauzá y su Afro-Cuban Band, Dizzy Gillespie y la United Nations Orchestra, Xavier Cugat, Celia Cruz, y Alfredo "Chocolate" Armenteros, entre otros?

AD: He tocado mucho y con muchos… es una larga lista. Vamos aquí a poner algunos de los más significativos para mí…

FERNANDO RODRIGUEZ DE MONDESERT 17

He tocado con Cedar Walton; Ronny Mathews Trio; Hilton Ruiz, en el álbum El Camino, con el cual nos ganamos el premio Charles de Gaulle en París como el mejor grupo de jazz latino; también me gané el premio como Mejor Percusionista de Jazz 2017 - The 39th Annual Jazz Station Awards.

En el 2012 grabé el CDCD Beyond 145th Street, en el cual se subió el nivel musical de la RD y por el cual la Unesco me reconoció como el eslabón que le faltaba al merengue para ser patrimonio de la humanidad, ya que otros habían hecho su parte, pero faltaba el jazz, y así completé el ciclo para darle patrimonio al merengue, así como hizo Brasil con su bossa nova jazz.

También toqué con la Reina de la Salsa, Celia Cruz; grabé con el maestro Mario Bauzá el CD 944 Columbus Ave.; con Tito Puente # 87 Salsa meets Jazz; con el grupo de jazz One for All, grabado en vivo en el Smoke Jazz Club. Así como también con Lionel Hampton, un CD que hizo Tito Puente; y llegué a tocar con Tito Puente y Max Roach (gran baterista) y Art Blakey, Airto Moreira y Flora Purim. Toqué también con el Roy Hargrove Septet y Big Band.

Trabajé en los 80 con todas las escuelas de jazz, que mandaban los estudiantes a los jamming que había en los clubes nocturnos de jazz. Yo tocaba en varios clubes cada noche, donde había jam sessions. Yo me encargaba de los Latin Jazz.

También grabé con Eric Alexander, quien es uno de los mejores músicos y maestros del saxofón de New York, y con el maestro del piano, Dave Hazeltine.

Toqué también con Freddie Hubbard, Danny Moore, Arturo Sandoval (quien ya ha grabado en dos de mis CD: Black Jazz y Live in Miami at the South Florida Dominican

Jazz Festival). Con Chucho Valdés, en las Naciones Unidas, para los presidentes de todo el mundo; también lo hice con la agrupación de Tito Puente.

Con mi grupo de salsa hemos tocado frente a Manny Oquendo y su Conjunto Libre. También mano a mano con el maestro Joe Cuba. Grabé con el trompetista mexicano jazzista Manny Durán, quien era el trompetista de Ray Barreto, un gran compositor.

También toqué con el Grupo de Danzas Africanas de East Senegal, toqué djembé en Buffalo, New York, con Emil Latimer, un gran percusionista africano.

Y... anoche, haciendo memoria, también me acordé de que toqué con el trompetista Chuck Mangione.

Hasta aquí llegamos con esta primera parte de la entrevista con La Tormenta Díaz.

--2 de 2--

Iniciamos la segunda parte de nuestra entrevista a José Alexis Díaz con la noticia sobre sus venideras presentaciones en Dominicana, los días viernes y sábado, 26 y 27 de abril, ambas con motivo de la celebración de la efeméride del Día Internacional del Jazz.

La primera es en el reconocido espacio citadino el Fiesta Sunset Jazz en Santo Domingo, y la segunda en el Centro Español, Inc., en Santiago. Serán conciertos de primerísima, noches muy especiales. Desde New York llegan los muy reconocidos y queridos músicos Alex "La Tormenta" Díaz, percusionista oriundo de Baní, y su compañero de mil batallas, Iván Renta, saxofonista oriundo de Coamo, Puerto Rico, para hacer juntos una entrega de Merengue Jazz y más con su Santo Domingo AfroJazz en el Fiesta Sunset Jazz, el viernes 26.

El heredero del concepto de Merengue Jazz de parte de su mentor, Mario Rivera, continúa realizando exquisitas fusiones de joyas del jazz tradicional con el merengue en originales arreglos, así como composiciones propias. Para este concierto, Alex e Iván estarán acompañados de su formación en el país, llamada "Alex Díaz y la Santo Domingo AfroJazz", la cual es conformada por los músicos locales Miguel Montás en batería, Daroll Méndez en el bajo y Samuel Atizol en el piano.

Para el concierto en Santiago, el saxofonista cubano, radicado en Dominicana, José E. P. Montano, sustituirá a Iván Renta.

¡Continuemos, pues, con las respuestas de Alex a nuestras preguntas, como resultante de nuestro largo conversao!

JenD: ¿Practicas mucho? ¿Qué rutinas utilizas y recomiendas para mejorar habilidades musicales?

AD: ¡La práctica hace el monje! En mi juventud, practicaba horas y horas, sin descansar. Una vez, en casa de Mario Rivera, recuerdo que llegó Dizzy Gillespie y estuvimos tres días sin descansar, tocando jazz. Hicimos un merengue que compuso Dizzy, y yo toqué la percusión entera.

JenD: ¿Quién es y qué significa para ti Iván Renta?

AD: Mario Rivera nos encargó a mí y a Iván Renta que continuáramos con su proyecto de merengue jazz o jazz merengue. Iván Renta fue una parte esencial de todos mis proyectos, de lo cual estaré eternamente agradecido… por toda su ayuda, lo considero como si fuera mi hijo.

JenD: La producción más reciente fue Alex Díaz & Santo Domingo Afrojazz - Merengue Orgánico. ¿Que significó esta obra para ti? ¿Qué resaltas de ella?

AD: En esta producción fuimos los primeros en hacer merengues con el Hammond B3. El grupo no usa bajista, ya que el bajo que se usa es el que trae el órgano, y este se toca con los pies. Hemos hecho, en este formato, el tributo a Johnny Pacheco, y estamos recolectando la música con Alexis Méndez, para recordar a el maestro Papa Molina.

Discografía de Alex en jazz:

1990 - Alex Díaz y Son de la Calle - Black Jazz

1995 - Alex Díaz - Sitting Bull Dance

2004 - Alex Díaz y Son de la Calle - En Vivo

2006 - Alex Díaz & The Bebop Boogaloo Kings

2009 - Alex Díaz y Son de la Calle - Merengue Jazz King - Homenaje a Mario Rivera

2011 - Alex Díaz & His Merengue Jazz - Beyond 145th Street

2013 - Alex Díaz - Seven

2016 - Alex Díaz & Santo Domingo AfroJazz - En Vivo - South Florida Dominica Jazz Fest 2015

2017 - Alex Díaz & Santo Domingo AfroJazz - Merengue Orgánico (Organic Merengue)

JenD: ¿Hay álbum nuevo en camino?

AD: Sí, Recordando a Papa Molina, su legado.

JenD: ¿Que música escuchas en estos días?

AD: Mucho jazz, blues y bossa-nova

JenD: ¿Cuál, para ti, es el balance entre la música, el intelecto y el alma?

AD: La música es la alegría y es lo mejor para divertir el alma.

JenD: Alex, en tu opinión, ¿cómo ves el talento que está surgiendo en la República Dominicana? ¿Qué piensas de las oportunidades en el país?

AD: Hay mucho futuro en el país, pero los gobernantes no ayudan y no les dan oportunidades a los talentos dominicanos en el jazz. Se creen que trayendo músicos de afuera, en otros y diversos géneros, es suficiente. Yo mismo... a mí nunca me invitaron a ningún festival en la República Dominicana, y a los que llevan, ninguno aporta nada a la cultura, o mejor dicho, a nuestra cultura dominicana... porque ninguno respeta el merengue ni la música dominicana. Es un grupito estilo mafia, que quieren ver a X artista, y lo llevan para darse el gusto de que lo vieron, después los llevan a sus casas y hacen conciertos privados para ellos satisfacer su ego y su gusto, y fotos por allí, y fotos por allá, un gran desperdicio son los festivales, son de un grupito.

A los dominicanos fuera del país no les dan ni los pasajes ni hotel ni nada (menos al gran pianista nuestro). Si tú quieres, ven y jódete, mientras que a los músicos no dominicanos les pagan pasaje, buen dinero, buen hotel, buena comida. Como en un festival al que me invitaron (en Dominicana), solo, no con mi grupo…Que ellos armarían un grupo que me acompañaría allá… A mí me dijeron ven a tocar. Ni me dieron pasaje, ni hotel ni nada como quien dice, jódete... mientras al percusionista extranjero que fue le pagaron buen dinero, hotel, pasaje en primera clase y reportaje en periódico, y con lo que me pagaron no pude llevar, ni pagarle a nadie, ni hacer ningún grupo, porque fue una miseria . Tuve que tocar yo solo, la suerte fue que a algunos músicos, de los presentes, les dio pena y apareció un bajista y un pianista que tocaron dos temas conmigo, de lástima. Así es que tratan sus músicos, la República Dominicana… los de afuera, los extranjeros son los que valen y los que están limpiando sacos con el gobierno de turno.

JenD: Si pudieras cambiar algo en el mundo de la música, y se pudiera convertir en realidad, ¿qué sería?

AD: Que en la República Dominicana se apoye a los músicos dominicanos y su música. El Ministerio de Cultura está, pero no ayuda a la cultura musical ni del jazz en el país.

A mí me duele que con tantas grabaciones hechas, con tanto tiempo tocando en los Estados Unidos, siempre representando a mi país, asegurando que nuestro folklore sea conocido a través de las fusiones que hago con el jazz...

no se tome a uno en cuenta, no lo inviten a tocar ... sueño con el día que eso ocurra.

JenD: ¿Qué ves como la próxima frontera musical para ti?

AD: Ya me estoy cansando de que nuestra voz no se escuche, y es siempre lo mismo.

Opiniones:

JenD: ¿Cuál es tu opinión sobre el estado del jazz en la actualidad en nuestro país?

AD: Si Cultura no apoya, no vamos para ninguna parte. Solo Jazz en Dominicana ayuda, sin tener apoyo de nadie, ni del gobierno, ni de los ministerios de Cultura y Turismo, que están, pero no ayudan.

JenD: ¿Sus festivales, sus espacios de jazz en vivo?

AD: Para mí, hay mucha mafia en los festivales, no ayudan al músico dominicano que vive allá, ni a los que viven fuera del país.

¿Los medios y el jazz (escritos, radiales, digitales y sociales)?

AD: Debería haber más programas radiales de jazz y blues, y para mí los medios no apoyan en nada.

JenD: ¿Qué otros planes hay para Alex Díaz en 2024?

AD: Terminar el proyecto del maestro Papa Molina, pero la realidad es que nadie aporta nada.

Alex, en tus palabras, ¿qué quisieras adicionar y compartir con nuestros lectores?

AD: ¡Apoyemos el jazz mezclado con nuestro folklore, y a las gentes que en verdad hacen lo mejor para tener un jazz como Jazz en Dominicana, entre otros, haciendo sin tener fondos!

Las gracias damos a Alex "La Tormenta" Díaz, por el tiempo que nos dedicó en las conversaciones sostenidas para esta entrevista. Es un orgullo para nosotros poder compartir esta serie de preguntas y respuestas con nuestros lectores.

----- 0 -----

Dando click en el QR de arriba pueden disfrutar, en su teléfono móvil u otro dispositivo tecnológico, de la producción discográfica Merengue Orgánico de Alex Díaz & Santo Domingo AfroJazz en Spotify.

Carlos Marcelo
--1 de 2--

A Carlos Marcelo lo conocí en marzo del 2012, cuando fue el pianista titular del concierto The Essential Maria Postell en el reconocido espacio citadino Fiesta Sunset Jazz. La cantante de jazz norteamericana se había radicado en Punta Cana, desde New York, y allá conoció a Carlos, y de inmediato este se convirtió en su pianista.

Esa noche nació una gran amistad, gracias a la música, en especial el jazz, el cual ha sido común denominador y fertilizante en el crecimiento de la misma.

Por medio de la tecnología logramos sacar unos espacios para realizar esta entrevista, que publicamos en dos partes. Es un honor presentarles a mi amigo, Carlos Marcelo.

Carlos es músico, compositor, arreglista, líder de banda, productor y empresario. Director general de Tonka

Entertainment, empresa que ofrece servicios de música en vivo, montajes, sonido, iluminación, logística y dirección para bodas, eventos, celebraciones y más.

Marcelo es un renombrado músico de jazz, con una extensa trayectoria en Santo Domingo, ciudad capital de la República Dominicana, y en la zona este del país, abarcando localidades como Punta Cana y La Romana. Desde 1999 ha cautivado a audiencias en cruceros por el Mediterráneo y ha dirigido la música en lugares prestigiosos, como el Romana Country Club y Casa Mono, en Nueva York. En 2009 asumió el cargo de director musical en Carnival Cruise Lines, llevando su arte a diversos países del Caribe. Tras su regreso, fundó Tonka Entertainment, una empresa líder en servicios audiovisuales y espectáculos públicos y privados. Su sólida formación musical incluye estudios en la Academia Dominicana de Música, con Edith Hernández, así como en el Conservatorio Nacional, donde se especializó en armonía moderna, bajo la tutela del profesor Gustavo Rodríguez. Su música ha dejado una huella imborrable en escenarios de renombre, desde Casa de Teatro hasta el Fiesta Sunset Jazz, el Anfiteatro de Altos de Chavón y el tradicional Jazz at The Rock, celebrado anualmente en Altos de Chavón; así como el recién nacido Sunset Session en Api Beach, CapCana.

A continuación, la primera de dos partes de nuestra entrevista…

Jazz en Dominicana (JenD): ¿Quién es Carlos Marcelo según Carlos Marcelo?

Carlos Marcelo (CM): Soy un músico y compositor apasionado, especialmente amante del jazz y de los valores que lo rodean. Más allá de mi amor por la música, me defino por mi profunda dedicación a mi familia y mi compromiso con la comunidad musical. Me gusta involucrarme en proyectos de voluntariado y siempre estoy buscando oportunidades para aprender y crecer, tanto a nivel personal como profesional. Valoro la honestidad y la integridad en todas mis interacciones, y siempre busco ser alguien en quien los demás puedan confiar. Mi pasión por la música no solo se limita a mi propio disfrute; también me encanta compartir esa pasión y fomentar una comunidad musical vibrante y acogedora.

JenD: ¿Dónde naciste y creciste?

CM: La Romana.

JenD: ¿Cómo te inicias en la música?

CM: Mi historia musical comenzó alrededor de los siete u ocho años, cuando me interesé por la música en la iglesia protestante que solía visitar. Allí empecé tocando percusión, principalmente las congas, y hacia los once o doce años también comencé a tocar la batería, siempre que me lo permitían, ya que había un baterista oficial en la iglesia. Sin embargo, mi verdadera pasión por la música se vio influenciada por mi familia. Tanto mi abuelo paterno como materno eran músicos, y mi abuelo paterno, además, era escritor y profesor. Desde que tengo memoria, mi tío siempre estaba en casa, con su guitarra, lo cual despertó mi interés desde una edad muy temprana. A los doce años, mis padres me inscribieron en una academia de música, donde elegí el piano como mi instrumento principal. Pero, incluso antes de eso, en la escuela, en cuarto de básica, ya tenía tanta pasión por la música y el piano que solía subir por encima de una pared para poder tocar el piano, que estaba guardado en la biblioteca de la escuela. Mi pasión por la música ha sido una parte integral de mi vida desde entonces.

JenD: ¿Por qué escogiste piano?

CM: Elegí el piano porque estaba convencido de que me daría la oportunidad de sumergirme en el mundo de la música de una manera nueva y emocionante. Recuerdo que, alrededor de los 11 o 12 años, a la iglesia llegó por primera vez un teclado electrónico, lo cual me dejó impresionado, con su sonido y todas sus posibilidades. Esta experiencia reforzó mi interés por aprender música y me atrajo aún más hacia el piano. Me cautivaba la manera en que las melodías cobraban vida bajo mis dedos en las teclas del piano, y estaba emocionado por la idea de aprender un instrumento que me permitiera explorar diferentes estilos musicales, desde clásico hasta jazz y pop. En resumen, elegí el piano porque sentí una conexión natural con él y estaba emocionado por la oportunidad de aprender y crecer como músico.

JenD: ¿Quiénes fueron y son tus influenciadores?

CM: En cuanto a las influencias en mi vida musical, puedo mencionar a varias personas que han dejado una marca significativa en mi trayectoria. Mi cuñado, Juan Alberto Rodríguez, cariñosamente conocido como John, ha sido una influencia importante, aunque hoy no esté con nosotros. Samuel Mercedes, un destacado músico, trompetista y guitarrista radicado en Estados Unidos durante los últimos 35 años, ha tenido un papel fundamental en mi camino musical. A nivel académico, la profesora Edith Hernández, en la Academia Dominicana de Música, también tuvo un impacto significativo en mi formación musical. Otros músicos, como Chucho Valdés, Rubalcaba y, especialmente, Michel Camilo, han sido fuentes de inspiración para mí. Michel Camilo es considerado el máximo exponente de la música dominicana, y ha sido una figura emblemática para todos los pianistas dominicanos que incursionamos en el jazz. En resumen, estas influencias han sido fundamentales en mi desarrollo musical y han contribuido significativamente a mi pasión por la música.

JenD: ¿Cuáles profesores te ayudaron a progresar a los niveles que has llegado hoy día? ¿Dónde y cómo fueron tus estudios?

CM: Los profesores que han tenido un impacto significativo en mi formación y me han llevado a los niveles donde estoy son Edith Hernández, en música clásica, y Gustavo Rodríguez en música popular, armonía y jazz. Edith Hernández me enseñó en la Academia Dominicana de Música, mientras que Gustavo Rodríguez impartió clases en el Conservatorio de Música, al cual asistí fielmente como oyente. Ambos profesores han dejado una marca indeleble en mi desarrollo musical y les estoy profundamente agradecido por su influencia y enseñanzas.

JenD: Vienes tocando por mucho tiempo, en muchos lugares, en muchos estilos y géneros a través de todos estos años. ¿Como han sido estas aventuras musicales?

CM: Tener la oportunidad de tocar en numerosos países, durante tantos años, ha sido una experiencia increíblemente enriquecedora. Cada país, cada escenario y cada audiencia han aportado una nueva perspectiva y un nuevo matiz a mi música. La conexión con personas de diferentes culturas a través de la música ha sido profundamente gratificante y ha enriquecido mi comprensión del mundo y de mí mismo como músico.

Además, el intercambio cultural y la diversidad de experiencias han inspirado y enriquecido mi creatividad artística. Desde descubrir nuevas formas de expresión musical hasta aprender de las tradiciones y estilos musicales de cada lugar, cada momento en la carretera ha sido una aventura emocionante y una oportunidad para crecer como artista. Estoy increíblemente agradecido por cada oportunidad que he tenido de compartir mi música con el mundo y espero seguir explorando y compartiendo mi pasión por la música en cada rincón del planeta.

JenD: Nombra algunos de los grupos con los que has tocado, sus estilos o géneros, y qué fueron estos para ti.

CM: Tuve la oportunidad de tocar con una variedad de artistas y grupos, cada uno con su estilo único, que ha enriquecido mi experiencia musical. He compartido el escenario con Danny Rivera, en un evento privado, lo cual fue una experiencia emocionante y enriquecedora. También tuve la oportunidad de colaborar con Lucecita Benítez, una figura icónica de la música latina. En Cuba, toqué con la legendaria Orquesta Aragón, sumergiéndome en los ritmos y la energía de la música cubana. En eventos de jazz jamming, colaboré con Gustavo Rodríguez y Rubiel, un talentoso saxofonista cubano, explorando nuevas improvisaciones y fusiones musicales. Además, participé en sesiones de jamming con el Berklee College of Music, donde se sumó Sandy Gabriel, una experiencia que amplió mis horizontes musicales. Asimismo, fui invitado especial como pianista para la Camareta de Ana Martín, en el Teatro Cubano de Bellas Artes, un concierto en apoyo a la cultura que fue una experiencia única y enriquecedora, donde pude colaborar con Ana Martín, una destacada pianista cubana. Su maestría y sensibilidad musical crearon un entorno inspirador donde pude contribuir con mi música, reafirmando mi compromiso con el arte y la promoción cultural.

JenD: ¿Practicas mucho? ¿Qué rutinas utilizas y recomiendas para mejorar habilidades musicales?

CM: No practico tanto como me gustaría. Mi rol en la dirección de Tonka Entertainment, una empresa líder en entretenimiento musical y audiovisual en la zona de Punta Cana consume la mayor parte de mi tiempo, y me impide mantener mis rutinas de práctica con el piano. A veces, pasan semanas sin que lo toque, lo cual reconozco que debo corregir. Sin embargo, cuando necesito recuperar mi agilidad para un concierto u otra ocasión importante, recurro a los ejercicios de Hanon, del libro 'El pianista virtuoso'. Estos ejercicios me permiten recuperar la agilidad perdida durante esos períodos de inactividad. Recomiendo ampliamente los ejercicios de Hanon para mantener la agilidad en el piano, así como las invenciones de Bach para trabajar la independencia de manos. Son herramientas indispensables para cualquier pianista que busque mejorar su técnica y desempeño en el instrumento.

JenD: ¿Cuáles, para ti, han sido los álbumes que te han influenciado?

CM: En cuanto a los álbumes que han influenciado mi carrera, puedo mencionar algunos destacados. Entre ellos se encuentran 'Bele Bele en La Habana' de Chucho Valdés, que incluye la hermosa canción 'Tres Lindas Cubanas', así como 'Jazz Batá', otro trabajo notable de Valdés. Del renombrado guitarrista Pat Metheny, el álbum 'Still Life (Talking)' ha sido una fuente de inspiración, con su icónica pieza 'Have You Heard'. Otro álbum que ha dejado huella en mí es 'Circuito', de Gonzalo Rubalcaba. Además,

'Caribe', de Michel Camilo, ha sido una influencia significativa en mi enfoque musical. Estos álbumes representan solo una parte de la amplia gama de influencias que han moldeado mi estilo y enfoque en la música.

JenD: ¿Que música escuchas en estos días?

CM: En estos días, mi playlist abarca una variedad de géneros musicales. Estoy sumergido en el mundo del Latin Jazz, disfrutando de sus ritmos vibrantes y su rica fusión de estilos. Además, me deleito con el escándalo del jazz y el ritmo contagioso del swing, que siempre me animan. También estoy explorando el Smooth Jazz, sumergiéndome en su atmósfera relajante y sus melodías suaves. Recientemente, he estado cautivado por una producción de Rafael 'El Pollo' Brito, donde interpreta una selección de boleros. Uno de mis favoritos de esta producción es 'Cosas de tu Mente', que, aunque no está relacionado con el jazz, captura mi atención con su profundidad emocional. Además, me sumerjo en el mundo del jazz fusión, explorando las complejas armonías y la energía creativa de este género. Esta diversidad musical refleja mi constante búsqueda de inspiración y mi aprecio por la variedad de sonidos que el mundo de la música tiene para ofrecer.

Con la anterior pregunta llegamos al fin de la primera parte de esta entrevista, ¡resultado de un largo conversao entre amigos, puros y música!

--2 de 2--

Hoy continuamos con la segunda de dos partes de la entrevista que realizamos a Carlos Marcelo.

Carlos siempre tiene una gran sonrisa, alegre y entretenido, inteligente, es muy servicial, entregado, ¡un real amigo de sus amigos!

Como ya hemos dicho, él inició su aventura en la música a bordo de cruceros en el Mediterráneo; luego, en La Romana (el Country Club, el Victory Club, en Casa de Campo, entre otros); el afamado restaurant Casa Mono, en New York; para pasar a tocar y coordinar actos musicales en Carnaval Cruise Lines, recorriendo una gran cantidad de países. A su retorno, continuó tocando en Santo Domingo, La Romana y Punta Cana, donde al poco tiempo crea su Tonka Entertainment…

Sigamos pues con mis preguntas y sus respuestas!

Jazz en Dominicana (JenD): ¿Cuál, para ti, es el balance entre la música, el intelecto y el alma?

Carlos Marcelo (CM): El balance entre la música, el intelecto y el alma es crucial para una experiencia musical completa y significativa. La música puede nutrir el alma, proporcionando una conexión emocional profunda y permitiendo que las expresiones internas encuentren voz a través del arte. Al mismo tiempo, el intelecto juega un papel importante, al comprender la teoría musical, la estructura y la historia detrás de las composiciones, lo que enriquece nuestra apreciación y comprensión de la música. En última instancia, encontrar un equilibrio entre estos aspectos nos permite experimentar la música en su totalidad: nos emociona, nos desafía intelectualmente y nos conecta con nuestra esencia más profunda.

JenD: Tocas, arreglas, compones.- ¿ Qué significa cada uno para ti?

CM: Para mí, tocar, arreglar y componer representan los distintos lenguajes con los que me conecto con la música. Tocar un instrumento es como respirar vida a través de las notas, dejando que mis emociones fluyan libremente, a medida que me sumerjo en el mundo sonoro que creo en el momento. Arreglar música es como ser un artesano que moldea una escultura, tomando obras existentes y transformándolas en nuevas formas de belleza que reflejan mi visión única. Y componer es como ser un alquimista de sonidos, fusionando ideas, melodías y sentimientos para crear algo que nunca antes ha existido en el universo sonoro. Cada faceta de esta trinidad musical me permite explorar, experimentar y crecer como artista, llevándome a lugares inexplorados de creatividad y expresión.

JenD: ¿Qué es y cómo surge Tonka Entertainment?

CM: Tonka Entertainment es el resultado de mi pasión por la música y el entretenimiento, combinado con mi visión de crear experiencias únicas y memorables para el público. Surge de mi profundo amor por la música y mi deseo de compartir esa pasión con los demás. La idea comenzó a tomar forma cuando me di cuenta del potencial que tenía para reunir talento local e internacional y ofrecer espectáculos de primer nivel en la zona de Punta Cana y el este de República Dominicana. Con el tiempo, Tonka Entertainment se ha convertido en una empresa líder en entretenimiento musical y audiovisual en la región, ofreciendo una amplia gama de servicios que van desde conciertos y eventos en vivo hasta servicios de producción audiovisual. Nuestro objetivo es brindar experiencias inolvidables, que cautiven al público y dejen una impresión duradera en la industria del entretenimiento.

JenD: ¿Qué es y cómo surge The Carlos Marcelo Jazz Collective?

CM: El Carlos Marcelo Jazz Collective surgió a raíz de una invitación de Jazz en Dominicana para participar en el New Orleans International Jazz Day, un proyecto musical especial. La motivación detrás de esta iniciativa fue grabar la emblemática pieza 'Caravan', que representaría la rica cultura del jazz de nuestro país en el Día Internacional del Jazz. Aunque fue un proyecto un tanto prematuro, logramos alcanzar nuestro objetivo con pasión y compromiso. Los talentosos artistas que participaron en esta grabación contribuyeron con su talento y dedicación, haciendo de esta experiencia una verdadera celebración del jazz dominicano y su diversidad.

JenD: ¿Vendrá producción discográfica por ahí?

CM: ¡Absolutamente! Estamos entusiasmados con la perspectiva de una producción discográfica en el horizonte. Consideramos que sería una forma maravillosa de capturar y compartir nuestra pasión por el jazz con una audiencia más amplia. Estamos trabajando arduamente en explorar las posibilidades y esperamos poder ofrecer pronto más detalles sobre este proyecto tan emocionante.

JenD: Si pudieras cambiar algo en el mundo de la música, y se pudiera convertir en realidad, ¿qué sería?

CM: Si tuviera la oportunidad de cambiar algo en el mundo de la música y hacer que se convirtiera en realidad, me gustaría promover la accesibilidad y la equidad en el acceso a la educación musical. Creo que todos deberían tener la oportunidad de explorar y desarrollar su talento musical, independientemente de su origen socioeconómico o geográfico. Al hacer que la educación musical sea más accesible, podemos fomentar la diversidad y la inclusión en la industria musical, así como inspirar a futuras generaciones de músicos y amantes de la música.

JenD: ¿Qué ves como la próxima frontera musical para ti?

CM: Para mí, la próxima frontera musical sería explorar y fusionar aún más los diferentes géneros y estilos musicales. Estoy interesado en seguir expandiendo mis horizontes musicales y colaborar con músicos de diversas tradiciones y culturas, para crear una música que sea verdaderamente única y representativa de nuestro mundo diverso. También me gustaría profundizar en la integración de la tecnología en mi proceso creativo, aprovechando las nuevas herramientas y plataformas digitales para experimentar y compartir mi música de maneras innovadoras.

Opiniones:

JenD: ¿Cuál es tu opinión sobre el estado del jazz en la actualidad en nuestro país?

CM: En mi opinión, el estado del jazz en nuestro país es emocionante y prometedor. Hemos sido testigos de un crecimiento significativo en la escena del jazz, con más músicos locales explorando este género y más espacios dedicados al jazz en la escena musical dominicana. Además, hemos visto un aumento en la apreciación y el interés por parte del público hacia el jazz, lo que ha llevado a una mayor difusión y visibilidad del género en nuestra sociedad. Sin embargo, siempre hay oportunidades para crecer y desarrollarse aún más. Creo que es importante seguir apoyando y fomentando la educación musical en el jazz, así como crear más oportunidades para que los músicos de jazz dominicanos puedan colaborar, aprender y crecer juntos. Con un enfoque continuo en la innovación y la excelencia artística, veo un futuro brillante para el jazz en nuestro país.

¿Sus festivales, sus espacios de jazz en vivo?

CM: Los festivales de jazz en República Dominicana son eventos destacados, que celebran la música y la cultura jazzística en diversas ciudades del país. Estos festivales suelen ofrecer una amplia gama de actuaciones en vivo, talleres, conferencias y actividades relacionadas con el jazz. Por vivir en el área, para mí, el Festival de Cap Cana es una experiencia increíble, que celebra lo mejor del jazz en un entorno espectacular.

Además, hay espacios dedicados exclusivamente al jazz en vivo, donde se puede disfrutar de actuaciones de jazz de músicos locales e internacionales en un ambiente íntimo y acogedor, siendo excelente ejemplo el Fiesta Sunset Jazz en Santo Domingo, que se celebra en el Dominican Fiesta cada viernes. Igualmente hay clubes, bares y restaurantes, donde se puede disfrutar de música en vivo como acompañamiento a sus propuestas de alimentación y bebida.

¿Los medios y el jazz (escritos, radiales, digitales y sociales)?

CM: En República Dominicana, el jazz se encuentra presente en una variedad de medios, incluyendo periódicos, estaciones de radio, sitios web y redes sociales. Estos medios ofrecen cobertura de eventos de jazz, reseñas de álbumes y entrevistas con músicos, siendo importante para la difusión y promoción de la música en el país. Gracias a personas como tú, Fernando, que has puesto un granito de arena para que el entusiasmo y el interés por la música nos llene de información cultural y nos enriquezca como sociedad. La importancia de emisoras y programas de radio, el acceso a plataformas de transmisión como Spotify y canales de YouTube; las redes sociales de músicos, promotores y otros juegan un papel importante, conectando a fans y artistas. ¡La diversidad de medios nos permite disfrutar del jazz en todas partes!

JenD: ¿Qué otros planes hay para Carlos Marcelo en 2024?

CM: En 2024, como director de Tonka Entertainment, estoy enfocado en varios proyectos clave para seguir impulsando nuestra empresa y la escena musical en general. Algunos de mis planes incluyen:

1. Lanzamiento de nuevos eventos. Estamos trabajando en la planificación y ejecución de nuevos eventos musicales que ofrezcan experiencias únicas y de alta calidad para nuestro público.

2. Colaboraciones estratégicas. Estoy explorando oportunidades de colaboración con otros artistas, empresas y organizaciones para fortalecer nuestra presencia en el mercado y ampliar nuestra red de contactos.

3. Desarrollo de talento local. Estamos comprometidos con el apoyo y desarrollo de talento local, y estamos trabajando en iniciativas para promover y destacar a músicos y artistas emergentes.

4. Mejora de la experiencia del cliente. Estamos revisando continuamente nuestros procesos y servicios para garantizar una experiencia excepcional para nuestros clientes y asistentes a nuestros eventos.

5. Innovación en tecnología y marketing. Estamos explorando nuevas tecnologías y estrategias de marketing

para llegar a nuestra audiencia de manera efectiva y mantenernos al día con las últimas tendencias en la industria del entretenimiento.

Estos son algunos de los objetivos clave que tenemos para el año 2024, y estoy agradecido de Dios por el impacto positivo que estos proyectos tendrán en nuestra empresa y en la escena musical en general.

Carlos, ¿qué quisieras adicionar y compartir con nuestros lectores?:

CM: Quisiera aprovechar esta oportunidad para expresar mi gratitud a todos los que han apoyado mi carrera musical y el trabajo de Tonka Entertainment. Sin su apoyo y entusiasmo no sería posible seguir haciendo lo que amo. También quiero animar a todos a seguir explorando y disfrutando de la música en todas sus formas, ya que es una fuente infinita de inspiración y conexión humana. Además, los invito a mantenerse atentos a nuestras próximas actividades y eventos, ya que estamos comprometidos a seguir ofreciendo experiencias musicales únicas y memorables. ¡Gracias por ser parte de este viaje musical conmigo!

A Carlos van nuestras gracias … por su tiempo, su entrega, su ilusión y su espíritu de caridad para con nosotros ¡y este encuentro que con nuestros lectores compartimos!

----- 0 -----

Invitados por el New Orleans Jazz Museum a participar de su celebración virtual para el Día Internacional del Jazz 2024, el Carlos Marcelo Jazz Collective y Jazz en Dominicana, desde la República Dominicana presentan ¨Caravan (Latin Jazz Adaptation)¨, composición de Juan Tizol, con arreglos de Carlos Marcelo y Oscar Micheli! El mismo se encuentra en la página de YouTube de Jazz en Dominicana.

El QR de arriba lo llevará a disfrutar del mismo en su teléfono móvil u otro dispositivo tecnológico.

Ivanna Cuesta

1 de 2

Hace un tiempo, Javier "Javielo" Vargas y yo estábamos conversando sobre el estado de muchos estudiantes del Conservatorio Nacional de Música que estaban a punto de partir a Berklee College of Music para asistir a diversos programas de verano, y de carrera completa. Helen de la Rosa (baterista) acababa de ganar la beca presidencial a la reconocida institución, y me comentaba Javielo que ya venía otra, detrás de ella, que daría, también, mucho de qué hablar: Ivanna Cuesta.

Y así fue... La conocí tocando con varias agrupaciones, incluyendo el Atré, del mismo Javielo, Gustavo Rodríguez Trío, Carijazz, Ejazz Son, diversos ensambles, y la Big Band del Conservatorio, entre otros. Siempre me llamó la atención que parecía que al tocar, siempre estaba "in the pocket" (en la zona), con una gran entrega y pasión de dar lo mejor de sí para el beneficio de los demás. Es dueña, desde joven, de una sabiduría que a muchos les toma años en recopilar; de una paciencia que daba calma a cada grupo en que tocaba, y siempre una sonrisa cálida y reflejando su ser hacia los demás.

Antes de iniciar con las preguntas y respuestas de nuestro conversao, conozcan un poco sobre Ivanna. Espero que se sientan tan orgullosos como muchos de nosotros en este país y alrededor del mundo...

Ivanna Cuesta González es baterista, educadora y compositora dominicana-colombiana. Se graduó del Conservatorio de Música de República Dominicana en 2015 y de Berklee College of Music en 2020, donde estudió con algunos de los músicos más reconocidos como Neal Smith, Terri Lyne Carrington, Francisco Mela y Tia Fuller, entre otros. Ivanna se ha presentado en numerosos eventos importantes alrededor del mundo, como el Festival de Jazz de República Dominicana, Festival de Jazz de Monterrey 2020, Festival de Jazz de Panamá, Premios Soberano República Dominicana, Festival de Jazz Mary Lou Williams 2022-2023, en el Kennedy Center, Festival Trienal de Monheim 2022, Festival de Jazz de Santo Domingo 2014-2015, The Hamptons Jazz Festival, entre otros.

Ivanna formó parte de numerosas bandas importantes en República Dominicana, como Sócrates García Latin Orchestra, Gustavo Rodríguez Trio, Javier Vargas y Atre, entre otras. También en 2018, Ivanna pasó a formar parte de la familia Paiste Cymbals.

En 2019 obtuvo el primer lugar en la categoría 18-39 años del concurso "Hit Like a Girl 2019", donde tuvo la oportunidad de presentarse en PASIC 2019, Indianápolis. Como artista en evolución, Ivanna ha actuado con algunos de los artistas más importantes del mundo, incluidos Esperanza Spalding, Aaron Parks, Kandace Spring, Concha Buika, Kris Davis, Aaron Goldberg, Leo Blanco, Jacques Schwarz-Bart, Nando Michelin Quartet, Tia Fuller, AlisaAmador (Ganador del Concurso NPR Tiny Desk 2022), Sócrates García Latin Jazz Orchestra, Jane Bunnett & Maqueque, Pepe Rivero, etc.

Ivanna también es educadora, y su motivación es compartir sus conocimientos como baterista y músico profesional con otros. Ha sido invitada a impartir clases magistrales en diferentes escuelas y conservatorios como la Universidad de Arkansas, el Conservatorio de Puerto Rico y el Conservatorio de Música de la República Dominicana.

En 2022, fue seleccionada para ser parte del programa Next Jazz Legacy dirigido por Terri Lyne Carrington, donde trabajó y fue asesorada por Wayne Shorter y Esperanza Spalding.

Iniciemos, pues, con la entrevista:

Jazz en Dominicana (JenD): "¿Quién es Ivanna Cuesta según Ivanna Cuesta "?

Ivanna Cuesta (IC): Soy una músico dominicana, baterista y compositora. Amante del jazz y la música electrónica. Me apasiona mucho aprender de las diferentes maneras de ver la vida que tiene cada cultura y por eso es muy importante para mí siempre tratar de viajar y ver otras realidades. Me siento muy conectada al medio ambiente y quiero poder aportar algo a este tema tan importante. Como principio, siempre me he regido con tratar a los demás con respeto, no importando la posición que yo tenga.

JenD: ¿Dónde naciste y creciste?

IC: Nacida y criada en Santo Domingo, República Dominicana, pero de madre colombiana y padre dominicano.

JenD: ¿Cómo te inicias en la música?

IC: Siempre estuve rodeada de música, gracias a mi papá y mis tíos. Aunque ellos no tocan un instrumento, siempre de pequeña me pusieron a escuchar una variedad inmensa de música y grupos/artistas como Pat Metheny, Yes, Rush, etc. Creo que eso me ayudó a inclinarme, desde pequeña, a la música, y así empecé tomando clases de guitarra, primero, y después de batería, a la edad de 12 años, pero fue un corto período. Tocaba en la iglesia, lo básico que sabía de batería era que… literal, un ritmo y un fill (jajajaja), pero nunca pensé que se convertiría en mi vida. Luego, me aparté por muchos años de la música, hasta que a los 15/16 creo, empecé a tomar clases de percusión clásica en el CAFAM, y esto me ayudó a conectarme de nuevo con la música y conocer personas que me ayudaran en mi carrera a futuro. Siempre recuerdo a mis profesoras en esa época (ahora, mis colegas) Marlene Mercedes y Claudia Reyes, insistiéndome para que entrara al CNM, jajaja. Y bueno, en mi último año del colegio decidí entrar al CNM y después de ahí todo es historia.

JenD: ¿Por qué escogiste la batería?

IC: Siempre he considerado la batería como el instrumento más divertido que existe. Y creo que también por su complejidad y la diversidad de colores, texturas, sonoridades que puede tener, eso la hace única. Realmente son inmensas las posibilidades que ofrece este instrumento.

JenD: ¿Quiénes fueron y son tus influenciadores?

IC: Mis mayores influenciadores son mis padres, porque realmente ahí aprendí a tomar las cosas en serio. Mis profesores, porque son el ejemplo vivo de que se puede vivir de la música.

JenD: ¿Quiénes o cuáles profesores te ayudaron a progresar a los niveles que has llegado hoy día? ¿Dónde y cómo fueron tus estudios?

IC: Creo que todos los profesores (no solo de batería) de los que aprendí algo en algún momento, fueron parte de mi crecimiento. Pero, personas que marcaron mi carrera debo mencionar a Rafael Díaz, Javier Vargas, Brito Antonio, del Conservatorio, también personas como Gustavo Rodríguez y Sócrates García, que me pusieron a estudiar con su música (jajaja) y no puede faltar Terri Lyne Carrington, Neal Smith, Francisco Mela y Kris Davis, profesores de Berklee, los cuales me abrieron la cabeza a algo más grande de lo que pensé.

JenD: Háblanos sobre el Conservatorio Nacional de Música y lo que significó este para ti.

IC: Son mi familia. Creo que nunca encontré un lugar donde estudiar fuera tan chulo, a pesar de los contratiempos. En el conservatorio fue donde aprendí las bases que me llevaron a donde estoy hoy. Fue el espacio donde encontré una comunidad de herman@s que son parte del futuro de los grandes músicos dominicanos hoy en día. Aquí aprendí no solo la parte musical y académica, sino también a crear hábitos de responsabilidad, práctica, sacrificio y disciplina como ser humano.

JenD: Háblanos sobre Berklee College of Music y lo que significó este para ti.

IC: Berklee son las Grandes Ligas, jajaja. Realmente, el nivel musical que uno puede encontrar ahí, te fuerza a sacar lo máximo de ti mismo. En Berklee pude definir más mi sonido y el norte que quiero tomar como artista. No solo tomé clases con personas a las que admiro, sino que luego eso se desarrolló en amistades con las cuales he podido tener la dicha de trabajar profesionalmente en el mundo real.

JenD: Tus inicios en Santo Domingo. Te vimos tocar con la Big Band del CNM, Carijazz, Ángel Irizarry, Jazz Son, entre otros... ¿Qué fueron o qué significaron estas agrupaciones para ti, en lo personal y en tu crecimiento?

IC: En estas agrupaciones me dieron la oportunidad de vivir la realidad como músico, o sea aprender "calle". Todos los integrantes de estos grupos estábamos buscando nuestro sonido y teníamos el espacio para experimentar musicalmente, sin ningún ego. Además de que son como mis herman@s de otra madre, y no hay mejor manera de hacer música que cuando existe una real amistad y todos buscamos lo mismo, que es disfrutar, aprender y hacer música.

JenD: Aun siendo joven, has logrado tocar con muchas lumbreras en el jazz y otros géneros. ¿Como han sido estas aventuras musicales?

IC: Ha sido un sueño hecho realidad, porque he aprendido mucho de la industria, pero también me ha dado oportunidades de conocer otros lugares del mundo y saber qué quiero en mi vida personal y profesional. Creo que me ha ayudado también poder tocar muchos estilos y ser abierta a otras sonoridades y estilos de música no tan convencional.

JenD: Nombra algunos de los grupos con los que has tocado, sus estilos o géneros, y lo que fueron estos para ti.

IC: He tenido la oportunidad de estar en tour varias veces con Jacques Schwarz-Bart, de Guadalupe, Afro Caribbean Jazz. También con una de mis pianistas favoritas, Kris Davis, free jazz/avant garde, tocando en USA y Alemania. Aaron Parks, tocando su música en New York, también con Esperanza Spalding, Concha Buika, Jane Bunnett & Maqueque y muchos más. Y poder tocar con personas de este nivel me ha enseñado lo preparado que uno debe estar siempre, para cuando llegue la oportunidad.

JenD: ¿Practicas mucho? ¿Qué rutinas utilizas y recomiendas para mejorar habilidades musicales?

IC: Cuando decidí dedicarme a la música, practicaba mucho. Actualmente, no como quisiera porque no tengo mucho tiempo, pero he tenido que desarrollar más la práctica mental. Yo aconsejaría practicar a diario aunque sea 1 hora, pero hacer la rutina. Escuchar música de todo tipo, no estar cerrado a lo que ya sé y me gusta. Practicar la lectura, porque abre otras oportunidades, y ser humilde en dar y recibir.

Así terminamos esta primera parte de la entrevista a Ivanna Cuesta.

--2 de 2--

Inicio esta segunda entrega de la entrevista a Ivanna Cuesta queriendo expresarle un profundo agradecimiento por el tiempo que ha sacado para esta entrevista, a sabiendas de lo ocupada que está con todos los pormenores del lanzamiento de "A Letter To The Earth". Estoy yo, y estamos nosotros muy orgullosos de ella. ¡Le deseamos mucho éxito con su primera producción discográfica y un gran futuro que le espera a esta joven de gran corazón y apasionada entrega en desarrollar y compartir sus dones con el mundo!

Jazz en Dominicana (JenD): ¿Cuáles, para ti, han sido los álbumes que te han influenciado?

Ivanna Cuesta (IC): Uff, está difícil, pero por mencionar algunos, serían Pat Metheny Group, "The Road to You", Wayne Shorter, "Night Dreamer", Keith Jarret, "Standards Vol. 1 & 2", Esperanza Spalding, "Junjo", Tigran Hamasyan, "Shadow Theater", Avishai Cohen, "Gently Disturbed", Kris Davis, "Diatom Ribbons", Craig Taborn, "Daylight Ghosts".

JenD: Ganaste el Hit Like a Girl Competition y luego estuviste como artista destacada del PASIC19 - ¿Qué fueron estos para ti?

IC: No me lo esperaba, realmente. Fue muy chula la experiencia de poder conocer tantas mujeres bateristas y ser parte de esta comunidad. Fue algo súper loco, porque incluso recuerdo que después de que había terminado mi presentación en PASIC, bajándome de tarima recibo un mensaje de la baterista de Concha Buika en ese momento, para que yo terminara el tour con Buika en México, la semana siguiente, así que todo superó mis expectativas, jajaja.

JenD: Tocas, arreglas, compones. ¿Qué significa cada uno para ti?

IC: Tocar batería es lo que más disfruto, y fue mi manera de llegar a la música. Arreglar es una manera de conectar con la música de otros artistas y entablar una relación. Y componer ha sido de mis mayores metas que siempre quise desarrollar y, finalmente, he emprendido mi carrera como compositora para media/tv así como mi proyecto de música electrónica Ivanova y mi proyecto de jazz.

JenD: El 7 de junio estarás lanzando tu primera producción discográfica: "A Letter to the Earth". Comparte con nuestros lectores sobre esta obra.

IC: El concepto del álbum es una combinación de Free Improv con elementos electrónicos inspirados en cuestiones de cambio climático. Desde muy pequeña siempre sentí atracción por los animales, la naturaleza y todo lo relacionado con el medio ambiente. Eso fue algo que influyó en mi música y en mi forma de vivir el día a día. Este álbum expresa mis pensamientos, sentimientos y frustraciones por restaurar nuestro planeta.

JenD: En "A Letter to The Earth"

Danos el por qué de la obra

¿Quiénes te acompañan?

¿Cómo fue el proceso creativo de los temas?

¿Qué te motivó a componer todos los temas y sacar el álbum?

IC: Este álbum es un mensaje de concientización ante una crisis que, al final, nos afecta a todos, ya que somos parte de este planeta. Y la mejor manera para mí de hablar de esto es a través de la música, y abrir esas conversaciones en lugares donde tal vez no lo sea. Tuve la dicha de trabajar con colegas que admiro mucho y pusieron toda su creatividad y buena actitud en la creación de estos temas, ellos son: Grammy Award Kris Davis, en el piano, Max Ridley en el bajo, Ben Solomon en el saxofón, y como invitada especial, Pauli Camou en la voz.

Escribí esta música pensando en cada uno de ellos como parte de este proyecto. Cada uno tiene una sensibilidad a la hora de tocar que los hace únicos. Recuerdo haber tenido un ensayo con mis ideas en un lead sheet y simplemente crearon magia con eso. Sabían respetar mi visión, pero también aportaron una gran cantidad de ideas que elevan todo para hacerlo mejor.

Puedo decir que ya era hora de que sacara música de mi autoría como band leader. Siempre he estado tocando la música de otros, y esta es mi oportunidad de traer mis ideas y los temas que considero son importantes para mí, a la mesa.

JenD: ¿Cuál, para ti, es el balance entre la música, el intelecto y el alma?

IC: Respondiéndote sobre música, intelecto y alma: el producto del arte es en base a eso, nuestras conclusiones, experiencias e información que adquirimos de la vida y la parte no material, que nos conecta con los demás seres, que sería el alma.

JenD: Si pudieras cambiar algo en el mundo de la música, y se pudiera convertir en realidad, ¿qué sería?

IC: Está difícil, esa pregunta, pero creo que cambiaría la industria musical en general, porque ya nos estamos desviando de la música, que debería ser lo principal, para solo verlo todo como un negocio de interés material.

JenD: ¿Qué ves como la próxima frontera musical para ti?

IC: Actualmente, sería empezar mi maestría en jazz y seguir trabajando en mi música, llevándola a diferentes escenarios, para poder crear más conciencia sobre el medio ambiente.

Opiniones

JenD: ¿Cuál es tu opinión sobre el estado del jazz en la actualidad en nuestro país?

IC: Creo que la parte de educación ha dado frutos, y ahora más, con la estrecha relación que existe entre el Conservatorio y el Berklee College of Music, lo cual ha sido de beneficio para todos. Pero todavía tenemos muy encasillado lo que es "jazz" y nos falta más exposición a diferentes sonoridades y vertientes dentro del mismo.

¿Sus festivales, sus espacios de jazz en vivo?

IC: ¡¡FALTA MUCHO!! Yo doy gracias a los espacios que existen y a las personas que los han mantenido, pero son limitados y carecen de muchas cosas. Y los festivales, pues, ni hablar. Realmente, sin el apoyo que se necesita, es difícil. Y uno, como artista, sabe que no hay mejor lugar que presentarse en su país, pero no hay muchas posibilidades y esto implica un esfuerzo más allá del monetario.

¿Los medios y el jazz (escritos, radiales, digitales y sociales)?

IC: Realmente estoy agradecida con personas y medios a los que realmente les interesa el jazz y, a pesar de todo, siguen trabajando. Pero aun así, no sé qué tan equitativo sea, ya que estos eventos de jazz no tienen tanta exposición para el público en general, porque no se considera, a lo mejor, de mucha ganancia monetaria.

Las oportunidades de educación musical?

IC: Me alegra mucho que más universidades están incluyendo Música como carrera, por ejemplo, la UNPHU. También lo que se logró con Berklee College of Music es algo que por muchos años estuvo en proceso y creo que ahora es que viene lo bueno.

JenD: ¿Qué música escuchas en estos días?

IC: Muchas cosas, jajaja. En estos momentos Gustav Mahler, Four Tet y Kris Davis.

JenD: ¿Qué otros planes hay para Ivanna Cuesta en 2024?

IC: Este verano tengo dos presentaciones con mi álbum, lo cual me tiene muy contenta. También estaré tocando en diferentes lugares con Jacques Schwarz-Bart, Jason Palmer, Jonathan Suazo y muchos otros artistas. Y componer nueva música.

Ivanna, ¿qué quisieras adicionar y compartir con nuestros lectores?

IC: Quiero primero agradecerte, Fernando, por todo el apoyo: gracias. Y agregar que hoy estoy en donde estoy por tantas personas que me han ayudado y dado la mano. Mil gracias, de verdad. Y nada, espero pronto ir con mi banda y hacer un pequeño desorden, jajajaja.

Con las muy merecidas gracias llegamos al final de este encuentro de preguntas y respuestas con nuestra Ivanna Cuesta González.

----- 0 -----

FERNANDO RODRIGUEZ DE MONDESERT 53

El QR de arriba lo llevará a disfrutar, en su teléfono móvil u otro dispositivo tecnológico, de su producción discográfica - A Letter to the Earth.

Carlos Herrand Pou

--1 de 2--

Hace mucho que conozco a Alicia Pou Lewis y sus dos pichones, Carlos y Rodolfo. Éramos vecinos en Las Praderas. Y siempre quedé con ese sabor especial de verla como madre abnegada, entregada en la crianza de estos, valorando el fomento a la libre expresión de cada uno como parte esencial de su proceso de aprendizaje de vida.

Luego, iniciamos con Jazz en Dominicana y al tiempo, a través del Conservatorio Nacional de Música y Javielo Vargas, me entero de Carlos Herrand Pou y su naciente carrera estudiantil para prepararse como músico-baterista. ¿Crees que Alicia me iba a dejar de mencionar que era su hijo, el vecinito de al lado? No... Como mamá orgullosa, me avisó, y ahí iniciamos un seguimiento más de cerca.

FERNANDO RODRIGUEZ DE MONDESERT 55

Continuando con la serie de entrevistas de este 2024, hemos querido dar a conocer a una juventud que está fajada, en varias etapas de su preparación y/o naciente carrera. Así vimos, hace poco, a la también baterista Ivanna Cuesta, y nos llena de orgullo ver cómo hay un relevo en nuestro jazz que ha de mantenerlo y hacerlo crecer en días, meses y años venideros.

Carlos Herrand Pou (Cabeto) es baterista, compositor y educador. Luego de participar en la edición 2015 de Berklee on the Road en Santo Domingo, recibió una beca para unirse a Berklee College of Music, donde se especializó en Performance. Estudió con los reconocidos bateristas Terri Lyne Carrington, Neal Smith, Francisco Mela y Yoron Israel. En 2017, se unió al prestigioso programa Berklee Global Jazz Institute de Berklee, donde estudió bajo la tutela de Danilo Pérez, Joe Lovano, John Patitucci, Terri Lyne Carrington y otros. Recibió los premios Steve Gadd, en 2017, y The Most Active Drummer (el baterista más activo) en 2018. Cabeto recibió su Maestría en Música en Jazz y Música Contemporánea en la reconocida Longy School of Music, como Presidential and Equity Scholar. Actualmente es miembro de la facultad de Community Music Center of Boston.

Con esta breve introducción damos inicio al intercambio de preguntas y respuestas que recientemente sostuvimos.

Jazz en Dominicana (JenD): "¿Quién es Carlos Herrand Pou según Carlos Herrand Pou "?

Carlos Herrand Pou (CHP): Carlos es un producto de sus padres: Alicia y Rodolfo, y de sus experiencias acumuladas: familia, amigos, romances, profesores, ídolos, la sociedad dominicana... en fin, muchas cosas se dieron para que Carlos sea Carlos.

JenD: ¿Dónde naciste y creciste?

CHP: Nací y crecí en Santo Domingo, República Dominicana.

JenD: ¿Cómo te inicias en la música?

CHP: Mi madre siempre ha tenido buen gusto musical. Creo que haber crecido en un hogar donde se escuchaba música de calidad definitivamente inició mi pasión por la música.

JenD: ¿Por qué escogiste la batería?

CHP: Siempre tuve facilidad con el ritmo, entonces me hizo sentido escoger la batería. También, el mejor amigo de hermano, cuando éramos jóvenes, tocaba batería, y en las ocasiones que le íbamos a visitar a su casa, él tenía una batería y me llamaba mucho la atención ese instrumento.

JenD: ¿Cómo fueron tus experiencias en Berklee College of Music y el Berklee Global Jazz Institute?

CHP: Mi experiencia en Berklee fue increíble. Por algo es la mejor escuela de música en el mundo. Berklee me ofreció una comunidad de personas increíbles, de todas partes del mundo, que al día de hoy considero como familia.

JenD: No hace mucho que terminaste tu maestría en el Longy School of Music. ¿En qué fue la misma y que puedes decirnos de esta experiencia y esta institución?

CHP: Mi maestría es en Jazz and Contemporary Music. Longy es una muy buena escuela en Cambridge, que en mi experiencia significó mucho, porque me permitió la oportunidad de comenzar de nuevo, pospandemia. Allí encontré mentores como Eric Hofbauer y Noah Preminger, que actualmente son parte de mi banda.

JenD: Vienes tocando por buen tiempo, en variados estilos y géneros. ¿Como han sido estas aventuras musicales?

CHP: Cada aventura musical es diferente. Lo bueno de este arte es que siempre encuentra la manera de reinventarse, y cada experiencia es unta experiencia fresca. Le doy igual valor a mi última aventura tanto como a la primera.

JenD: Nombra algunos de los grupos con los que has tocado, sus estilos o géneros, y qué fueron estos para ti.

CHP: Yo he tenido la dicha de tocar con grandes artistas que admiro; desde que comencé en República Dominicana, especialmente el señor Gustavo Rodríguez, me dieron la confianza de, aun siendo nuevo en la escena, tocar con ellos, conectar con una red increíble de músicos locales y crecer como profesional, pero también en esa lista están Federico Méndez, Javielo Vargas, Isaac Hernández y demás. Ya en mis labores internacionales he podido tocar con gente que también admiro muchísimo, como George Garzone, Kevin Harris, Noah Preminger, Kris Davis, y compañeros que son contemporáneos conmigo, como Ben Aler, Milena Casado, Carlie Lincoln, Daniele Germani, Temidayo Balogun, que son jóvenes que ¡la están rompiendo ahora!

JenD: Te gusta mucho el formato de jazz trío. ¿Por qué?

CHP: Creo que por la influencia que tuvo el Keith Jarrett Trio en mí. Creo que el trio es un formato que te provee con espacio suficiente para interactuar constantemente y que todos los participantes sean, de alguna forma, protagonistas. Pero la realidad es que al día de hoy, soy igual de feliz tocando solo performance que con una big band. Cada formato tiene sus retos.

JenD: ¿Practicas mucho? ¿Qué rutinas utilizas y recomiendas para mejorar habilidades musicales?

CHP: Trato de sentarme en el instrumento aunque sea 40 minutos al día. En el tiempo que tenga, trato de practicar piezas de redoblante, independencia, coordinación y desarrollo de ideas. ¡Yo recomendaría tratar de tomar cualquier ejercicio y ver cómo puedes interpretarlo de diferentes maneras! Hay que siempre trabajar el músculo creativo. Pero, yo interactúo con la música de otras formas también, tocando guitarra, componiendo, tratar de estar al día con la nueva tecnología, etc. Ser músico hoy en día, demanda mucho tiempo/energía, hay que saber más cosas que solo tocar el instrumento.

JenD: ¿Cuáles, para ti, han sido los álbumes que te han influenciado?

CHP: Realmente pudiéramos hacer una entrevista solamente sobre álbumes, jaja. Soy naturalmente curioso, intento siempre buscar y escuchar nuevos sonidos que me inspiren.

Keith Jarrett - At the Blue Note

Pat Metheny - Letter from Home

Miles Davis - Kind of Blue

Herbie Hancock - Maiden Voyage

Paul Motian - Live at Birdland

Scofield/Metheny - I can see your house from here

John Mayer - Continuum

Yebba - Dawm

Immanuel Wilkins - Omega

Kurt Rosenwinkel - Star of Jupiter

Pedro Martins - Radio Misterio

JenD: ¿Qué música escuchas en estos días?

CHP: Mucha música moderna, compositores jóvenes increíbles que están llevando la música a nuevas áreas, gente como Julius Rodriguez, Pedro Martins, Daniele Germani, Aaron Parks, Deantoni Parks, Nate Wood, James Francis, James Blake. Como te dije, siempre estoy en busca de sonidos frescos.

Hasta aquí llegamos con la primera parte de la entrevista. En la siguiente tocaremos temas sobre su música, su rol en la enseñanza y varias opiniones muy particulares…

--2 de 2--

Con esta entrega completaremos la entrevista que le hicimos a Carlos Herrand Pou.

Inicio por compartir unas palabras que, sobre su persona y estilo de enseñanza, me llamaron mucho la atención. Estas de la Community Music Center of Boston:

Carlos trabaja para crear un ambiente donde los estudiantes sientan curiosidad e inspiración. Su objetivo es encontrar formas creativas de ayudar a los estudiantes a resolver el problema para que la solución sea significativa y encontrada. Lo motiva el proceso y la resolución de problemas únicos de cada estudiante, ya que cree que un buen maestro no es el que enseña artesanía sino el que te hace consciente de las posibilidades de navegar en el oficio.

Y así mismo lo he visto en su música, un enfoque que varía según cada miembro de su agrupación, con una misma filosofía: no dar respuestas, sino buscarlas entre todos.

A través de estos nueve años he visto un gran crecimiento, una marcada madurez, un toque que es ya suyo en la batería ... ¡y siempre está "in the pocket"!

Continuemos, pues…

Jazz en Dominicana (JenD): ¿Cuál, para ti, es el balance entre la música, el intelecto y el alma?

Carlos Herrand Pou (CHP): Mente, cuerpo y alma. Hay que respetar, valorar y ejercitar los tres, para llevar un balance. Para mí, la música es mi cuerpo, mi día a día. El intelecto es mi mente, lo estimulo estudiando, leyendo, escuchando nueva música, teniendo conversaciones. Y el alma es la parte más íntima, que también se ejercita, en mi caso particular yo la estimulo a través de meditaciones, y escuchando sobre Jesús, Buda, etc.

JenD: Tocas, arreglas, compones, enseñas.- ¿Qué significa cada uno para ti?

CHP: Todas son manifestaciones de mi pasión por la música, y mis ganas de servir y participar en mi comunidad. He entendido que solo ser 'bueno' no es suficiente. Hay que contribuir/aportar a la comunidad con los talentos que Dios nos ha dado.

JenD: Han dicho que tienes un enfoque fresco y diferente para la enseñanza, ¿cuál es?

CHP: Jajaja, no sé sobre eso. Tienes que preguntárselo a quien te dijo eso. En mi experiencia, trato de conectar con el humano primero, y ver cómo la música puede beneficiar a ese individuo en su colectivo de experiencias, para que su relación con la música sea más personal y lo entienda a su manera.

JenD: ¿Cómo logras interesar a la juventud a que se interese en jazz?

CHP: Jazz es símbolo de 'I dare you', ser curioso, pensar outside of the box... Creo que si la personalidad del individuo es compatible con lo que "implica" el jazz, entonces existiría un interés innato. Pero la realidad es que el jazz no es la música popular; entonces si hay alguien al que le interesa, esa persona se tiene que hacer responsable de estimular ese interés.

JenD: ¿Qué sientes sobre ser parte del Community Music Center of Boston?

CHP: CMCB es una gran institución. Existe desde el 1910 y tiene sus valores y misión bien establecidos. Me da la oportunidad de ser un participante activo en la comunidad, a través de la enseñanza o el performance. El equipo con quien trabajo es increíble y estamos muy bien conectados en Boston.

JenD: ¿Cómo ves el talento que está surgiendo y preparándose para el futuro?

CHP: Los veo muy preparados. La generación de ahora es muy atrevida y no tiene miedo, que es exactamente lo que se necesita en las artes. Hay que tener una visión clara de lo que quieres y saber ejecutarla.

JenD: ¿Has pensado en sacar una producción discográfica?

CHP: Sí, la tengo lista, pero no he hecho las diligencias administrativas necesarias para hacer el disco disponible al público. Pero siento que antes de que se acabe el año, sacaré el disco 100 %.

JenD: Si pudieras cambiar algo en el mundo de la música, y se pudiera convertir en realidad, ¿qué sería?

CHP: Que tuviera más respaldo económico en términos equitativos, y que la mayoría del dinero en la industria no esté acaparado por una minoría.

JenD: ¿Qué ves como la próxima frontera musical para ti?

CHP: La parte tecnológica detrás de la música, jaja. Me encantaría tomar clases de producción y ver todo el trio desde una perspectiva diferente.

Opiniones:

JenD: ¿Cuál es tu opinión sobre el estado del jazz en la actualidad en nuestro país?

CHP: Creo que está mejor que cuando yo lo dejé en el 2015, jajaja. Gracias al trabajo que están haciendo las instituciones de música allá; mención especial para el Conservatorio Nacional y Javier Vargas. Los jóvenes de ahora tienen más oportunidades de estudiar fuera, hay más acceso a la información, y eso les motiva a ser mejores músicos, independientemente del estilo que toquen.

¿Sus festivales, sus espacios de jazz en vivo?

CHP: Realmente, no estoy muy enterado de los espacios de jazz actuales… solo conozco los tuyos, Fernando, que de igual manera creo que tú has sido clave en fomentar la cultura del jazz en nuestro país.

¿Los medios y el jazz (escritos, radiales, digitales y sociales)?

CHP: Como te dije, no estoy muy enterado de la cultura jazz en nuestro país, tal vez esto me deba servir como lección para enterarme un poco más y estar más involucrado en ese sentido.

JenD: ¿Qué otros planes hay para Carlos Herrand Pou en 2024?

CHP: Tengo algunos conciertos y talleres de los cuales estoy muy emocionado de participar este verano. Y, definitivamente, sacar mi disco antes de que se acabe el año es algo que también está en planes.

Carlos, en tus palabras, ¿qué quisieras adicionar y compartir con nuestros lectores?

CHP: Mantengan la curiosidad activa, esa es la fuente de renovarse constantemente. ¡Los quiero, y nos vemos pronto!

Nuestras gracias a Cabeto, por el tiempo tomado, por sus bien desarrolladas y presentadas respuestas, por ser quien y como es. ¡Nos estaremos viendo pronto, ya que alrededor del 23 de julio lo tendremos con nosotros en el Fiesta Sunset Jazz!

El QR de arriba los llevará a disfrutar, en su teléfono móvil u otro dispositivo tecnológico, en Youtube del concierto completo: The John Kleshinski Series Presents the Carlos Herrand Pou Quartet - As In Life, So In Music

Iván Carbuccia

Desde el mismo inicio de Jazz en Dominicana en Casa de Teatro, contamos con la presencia y apoyo del guitarrista Iván Carbuccia, fuese como líder de su proyecto o formando parte de otros ensambles. A través de todos estos años él ha continuado compartiendo sus talentos con músicos de todas las edades y un gran público que acude a disfrutar de sus genialidades en todos nuestros espacios.

Hemos logrado forjar una gran y profunda amistad, que inició por nuestro mutuo amor y respeto a la música y a sus ejecutantes. Hace poco, me reuní con él en el Fiesta Sunset Jazz y mientras disfrutaba de su ron con jugo de cranberry sostuvimos un excelente encuentro para generar la entrevista que hoy publicamos a través de una serie de preguntas y respuestas.

Iván Carbuccia es guitarrista, compositor, arreglista, líder de banda y director musical. Es reconocido como uno de los más electrizantes y experimentados músicos que tenemos en el país, magistralmente manejando los idiomas del jazz, blues, rock, funk, disco, pop, y nuestra música popular dominicana, en especial el fusón, son, bachata, merengue y demás.

Carbuccia, además de tener su propia agrupación de jazz, ha sido guitarrista y director de la agrupación Fernandito Echevarría & La Familia André, miembro de Licuado de Crispín Fernández, de Frank Green & Mañanaladie, cofundador de Jazz´tabueno, de la RD Blues Band y del Blues Tren, entre otros.

A continuación, compartimos el contenido de nuestro conversao:

Jazz en Dominicana (JenD): ¿Quién es Iván Carbuccia según Iván Carbuccia?

Iván Carbuccia (IC): Un soñador que nunca ha querido poner los pies en tierra.

JenD: ¿Cómo te inicias en la música? ¿Por qué la guitarra?

IC: Mi padre era profesor de guitarra, y cantaba con mi madre; en mi casa siempre había varias guitarras.

JenD: ¿Quiénes fueron y son aquellos que te han influenciado?

IC: Yo comencé tocando rock, así que me influenciaron muchos guitarristas de rock, como Alvin Lee, Carlos Santana, Ritchie Blackmore, Jimi Hendrix, Eric Clapton y Stevie Ray Vaughn. En el jazz, mi primera gran influencia fueron Wes Montgomery y Joe Pass. También Mike Stern, Scott Henderson y Larry Coryell.

JenD: ¿Cómo iniciaste tus estudios?

IC: Mi padre me enseñó a tocar, y ya a los 15 años tocaba con él, en su programa de televisión. También estudié guitarra clásica con un profesor privado por un año. Lamentablemente, él murió y no seguí estudiando.

JenD: ¿Quiénes o cuáles profesores te ayudaron a progresar a los niveles que has llegado hoy día? ¿Dónde y cómo fueron tus estudios?

IC: Aunque hice mis primeros estudios con el profesor Carbuccia y el profesor Mané Pichardo, me considero autodidacta. Estudié armonía clásica básica, me cayeron también unos libros de armonía de Berklee College of Music en español, y los devoré. Y en siendo libros de armonía que encontraba, los estudiaba (Cómo improvisar, de Oscar Peterson, Orquestación para música popular, y otros más.)

JenD: ¿Qué o cuáles géneros te gustan más, y por qué?

IC: Definitivamente, el blues, porque hay que poner el conocimiento a un lado y tocarlo con el corazón. El blues es más feeling que otra cosa.

JenD: Vienes tocando muchos estilos y géneros con diversos grupos, y por mucho tiempo. ¿Cómo te ha ayudado esto, o te está ayudando?

IC: Me ha convertido en un músico multigénero y ha expandido mi horizonte laboral, tanto me llaman para grabar una balada o un rock, como para un merengue, un jazz o una bachata.

JenD: Nombra algunos de los grupos con los que has tocado, sus estilos o géneros, y lo que fueron/significaron estos para ti.

IC: La Familia André (fusón), Licuado (latin jazz), Brahmins (rock), Mañanaladie (latin rock), RD Blues Band (blues y jazz), mis propios tríos y cuartetos de jazz. Tocar para bandas lideradas por otras personas te ayuda a ver cómo ellos ven la música, y eso se transforma en experiencia para futuros trabajos.

JenD: ¿Consideras que tienes tu estilo? ¿Tu sonido?

IC: Considero que sí. Siempre he sido un abanderado de la autenticidad, para bien o para mal, ser uno mismo. Es gratificante cuando alguien te dice: "Pasé por tal sitio, escuché una guitarra sonando y dije: ese es Iván".

JenD: ¿Practicas mucho? ¿Qué rutinas utilizas y recomiendas para mejorar habilidades musicales?

IC: Cuando era joven, practicaba 8 horas diarias, hasta veía tv con la guitarra en la mano. Ahora mi práctica se reduce a los ensayos. Las habilidades se adquieren tocando; la práctica hace al maestro.

JenD: ¿Cuáles, para ti, han sido los álbumes que te han influenciado?

IC: Incredible Jazz Guitar (Wes Montgomery), Three Quartet (Chick Corea), The Trio (Joe Pass, Oscar Peterson y Niels-Henning Ørsted Pedersen)

JenD: ¿Tienes composiciones propias?

IC: Sí, tengo unas 10 composiciones de jazz.

JenD: ¿Has pensado en grabar una producción discográfica tuya?

IC: Estoy organizando y recopilando las composiciones que he hecho para grabarlas este año. Incluso, hay algunas de los 70 y 80.

JenD: ¿Impartes clases?

IC: Sí, doy clases de armonía e improvisación.

JenD: ¿Qué es, para ti, el Afro Dominican jazz? ¿Existe hoy en día el Afro Dominican Jazz?

IC: Para mí todo el latin jazz que tenga tambores folclóricos nuestros, lo es. Me parece que Josean Jacobo y Hedrich Báez son dos muy buenos exponentes de ese género en el país.

JenD: ¿Cuál es tu opinión sobre el estado del jazz en la actualidad en nuestro país?

IC: Hay y siempre ha habido muchos buenos músicos jóvenes de jazz en el país, y más ahora, que las universidades imparten la carrera de música. Lamentablemente, lo que no hay es mucha demanda.

Iván, responde lo primero que te venga a la mente:

Iván Carbuccia: músico soñador.

La Familia André: increíble grupo, una verdadera familia, de la que tuve el orgullo de ser director musical.

Frank Green: mi hermano, excelente artista y creador de un estilo único de latin rock con humor.
La guitarra: mi verdadera herencia.

JenD: ¿Qué música escuchas en estos días?

IC: Nada en especial. En general, escucho la música que tengo que tocar y alguna que otra cosa que me envían los amigos por las redes.

JenD: ¿Qué ves como la próxima etapa musical para ti?

IC: Grabar mi producción musical y seguir tocando en vivo. Nada como esos aplausos y muestra de satisfacción del público.

JenD: ¿Qué planes en este 2024 o en el 2025 hay para Iván Carbuccia?

IC: La verdad, me gustaría escribir sobre mi experiencia de 52 años en la música.

Iván, ¿qué quisieras adicionar y compartir con nuestros lectores?

IC: Me siento muy agradecido con las muestras de cariño y admiración que he sentido y el apoyo que la gente me ha brindado a través de los años: ¡Gracias! Apoyen Jazz en Dominicana, que es uno de los pocos canales que tenemos para difundir nuestra música. Y, por último, me gustaría alentar a la nueva generación de músicos a que tengan su propia voz. ¡Gracias!

¡Estoy muy agradecido con Iván, por el tiempo que sacó este gran músico, ser humano y amigo, para compartir conmigo!

----- 0-----

El QR de arriba le llevará, en su teléfono móvil u otro dispositivo tecnológico, a disfrutar de la presentación de Iván y su trío, , el tema Mambo Influenciado, en el antiguo espacio de Jazz en Dominicana en Casa de Teatro.

Román Lajara

Nos preparábamos para el concierto del Richard Bona Band con Rafelito Mirabal & Sistema Temperado, en octubre del 2011, en el Hotel Jaragua, cuando me contactó un músico dominicano residente en Francia y que recién llegado a New York, había comenzado a tocar con el gran músico camerunés.

Ahí nació la amistad entre Román Lajara y un servidor, una que hemos mantenido por los medios sociales y electrónicos, contactándonos para estar siempre al tanto de qué estábamos haciendo, él, por allá, yo, por aquí.

Fue muy placentera cuando me llegó la noticia de que Román había sido invitado a tocar, el 30 de abril de este año, en el All-Star Concert, del Día Internacional del Jazz 2024 en Tánger, Marruecos. Su participación fue con un tema mezcla de jazz, música cubana y música árabe; y, entre los músicos que le acompañaron en tarima ¡estuvo el reconocido Marcus Miller en el bajo!

Román Lajara toca la guitarra, el banjo y el tres; es compositor y arreglista, con una voz única y apasionante en el mundo de la música moderna. Nacido en Santo Domingo, en la República Dominicana, Lajara creció con una pasión por todos los géneros musicales, pero con un amor especial por el jazz y la música latina. Luego de ampliar sus horizontes musicales estudiando en Francia y Brasil, viajó a Nueva York, donde comenzó a tocar con Richard Bona, Luisito Quintero, Paquito D' Rivera y John Benítez, entre otros. Su habilidad con la guitarra, el banjo y el tres lo han convertido en un músico muy solicitado por artistas de muchos géneros. Recibió una nominación al Grammy y al Grammy Latino, por sus actuaciones en Titanes del Trombón de Doug Beavers. Actualmente, toca con el Cuarteto Guataca, entre otros, en New York.

Con esa introducción damos inicio a nuestra entrevista:

Jazz en Dominicana (JenD): ¿Quién es Román Lajara según Román Lajara?

Román Lajara (RL): ¡Un amante de la música!

JenD: Román, ¿dónde naciste y creciste?

RL: Nací en Santo Domingo, y nos mudamos con mi mamá y mi hermano mayor a España, cuando tenía 9 años y después, finalmente, a Francia, cuando tenía 10.

JenD: ¿Cómo te inicias en la música?

RL: Específicamente cuando llegué a Europa, tal vez como respuesta al choque cultural y familiar. Pero tuve la suerte de nacer en un hogar amante de la música y el arte en general. También mi padre era baterista "amateur" y tocaba un poco de guitarra. Así que podría decir que desde que tengo uso de razón, siempre estuve rodeado de música, de todo tipo de música.

JenD: ¿Por qué escogiste la guitarra?

RL: Como muchos guitarristas, descubrí a Jimi Hendrix. Me impactó mucho.

JenD: ¿Cómo llegas al banjo y al tres?

RL: Pregunta interesante, ya que para mí son dos caras de una misma moneda. Cumplen, para mí, la misma función rítmica. Además, los dos instrumentos son "ruidosos", responden a una necesidad pragmática de volumen (ya que en la época en que fueron creados, no había amplificación). Siguiendo con las similitudes, son dos instrumentos del folclor y limitados por su registro. De hecho, uno de mis futuros proyectos es hacer el "crossover" entre la música Hillbilly americana y la latina.

Primero empecé con el tres, cuando tenía 16 años. En ese entonces ya estaba en Francia, e interesado por la música latina y el son cubano, me junté con un grupo de músicos cubanos que me orientaron más hacia el tres. Poco después, un tío radicado en San Juan, Puerto Rico, me mandó uno. Más tarde, me enamoré del banjo cuando escuché a Bela Fleck, y giré por el Midwest y sur de los Estados Unidos.

JenD: ¿Quiénes fueron y son tus influenciadores?

RL: Chick Corea, Bill Evans, The Beatles, Herbie Hancock, Debussy, Ravel, Jimi Hendrix, Paco de Lucía, Miles Davis, Jobim, Milton Nascimento, Ivan Lins, Juan Luis Guerra, Rubén Blades, Toninho Horta, Pat Metheny y George Benson, para nombrar a pocos. Les tengo una deuda eterna.

JenD: ¿Quiénes o cuáles profesores te ayudaron a progresar hasta llegar a los niveles a los que has llegado hoy día? ¿Dónde y cómo fueron tus estudios?

RL: Me considero un músico de "oído". Empecé de manera autodidacta. Solo tuve un profesor de guitarra jazz muy bueno, Philippe Troisi, cuando tenía 16 años y ya estaba en una etapa más avanzada, técnicamente. A los 22 años, después de haber terminado un máster en Ciencias Políticas, entré al Conservatorio en Francia, donde obtuve la "medalla de oro" en jazz. Finalmente, emigré a la ciudad de Nueva York, para estudiar jazz, donde me gradué, obteniendo el máster en Jazz Performance de la Aaron Copland School of Music, Queens College. Allí, dos profesores me marcaron mucho, Michael Mossman, trompetista y arreglista, y Antonio Hart, saxofonista.

JenD: Háblanos sobre tus experiencias en Francia, Brasil y los Estados Unidos.

RL: He tenido el gran privilegio, desde chiquito, de viajar mucho, incluso cuando vivía en RD, recorríamos el país entero y viví dos años en Las Terrenas. Después, tuve la suerte de vivir en varios países, y paradójicamente, eso enfatizó mi "dominicanidad", a pesar de que no vivo allá. Tengo que mencionar que mi estadía en Brasil fue especial, ya que soy un "fiebrú" de la música brasileña y la cultura brasileña, de hecho muy parecida a la dominicana.

JenD: Vienes tocando por mucho tiempo, y en diversos estilos y géneros. ¿Cómo han sido estas aventuras musicales?

RL: Muy enriquecedoras musicalmente, y también me han dado una ventaja, profesionalmente, ya que en el mundo moderno todo el mundo se especializa, demasiado, a mi parecer.

JenD: Has tocado con Richard Bona, Paquito "D´Rivera y John Benítez, entre otros. ¿Qué y cómo fueron estas experiencias para ti?

RL: Fueron cada vez 'cátedras' y muy buenas experiencias. Con Richard Bona fue un sueño hecho realidad. Con Paquito tengo buenos recuerdos, incluyendo una vez que tocamos en 2021 junto a Janice Siegel, de Manhattan Transfer. John Benítez, otro genio del bajo, es un compañero de "batalla" desde que llegó a Nueva York. Él incluso me acompañó en el bajo para mi recital de graduación del máster en jazz.

JenD: ¿Practicas mucho? ¿Qué rutinas utilizas y recomiendas para mejorar habilidades musicales?

RL: Practico mucho, pero no lo suficiente; la guitarra es un mundo. ¡Quisiera tener varias vidas, para poder practicar todos los tipos de guitarras diferentes, y los diferentes géneros musicales! Como rutina, practico el catecismo técnico de escalas y arpegios, pero creo que la mejor manera de mejorar es transcribir música y tratar de acercarse lo más posible.

JenD: ¿Cuáles, para ti, han sido los álbumes que te han influenciado?

RL: Light as a Feather y My Spanish Heart, de Chick Corea, The White Album, de Los Beatles, Since We Met, de Bill Evans, Zyryab, de Paco de Lucía, Axis: Bold as Love, de Jimi Hendrix, Bright Size Life, de Pat Metheny, Matita Pere, de Jobim.

JenD: ¿Qué música escuchas en estos días?

RL: Mucha música brasileña, sobre todo un compositor y guitarrista que se llama Guinga. También, últimamente, escucho mucho a un genio de la guitarra jazz, Sylvain Luc, francés, que desgraciadamente falleció hace poco.

JenD: ¿Cuál, para ti, es el balance entre la música, el intelecto y el alma?

RL: Para mí está todo ligado, pero el alma es lo más importante.

JenD: Tocas, arreglas, compones, enseñas. ¿Qué significa cada uno para ti?

RL: Tocar es una necesidad existencial para mí, además de profesional. Arreglar es un reto creativo con limitaciones; componer es una liberación, y enseñar es transmitir mi amor por la música y tratar de pagar mi deuda eterna a los gigantes de la música.

JenD: ¿Tienes producción discográfica propia?

RL: A pesar de haber salido ya en miles de producciones discográficas desde que empecé mi carrera musical, no tengo producción propia. ¡Esa es mi próxima meta!

JenD: Has recibido nominación al Grammy y al Grammy Latino por "Hoy es domingo" y "Buena Vida", de Rubén Blades y Diego Torres. ¿Qué significó esta experiencia de vida para ti?

RL: Me llenó de alegría, pero mi verdadera recompensa fue estar antes, en el estudio, con ídolos como Rubén Blades o el pianista Gonzalo Rubalcaba, para esa producción.

JenD: ¿Cómo llegas al Concierto Global All-Star del Día Internacional del Jazz en Tánger? ¿Quiénes te acompañaron y qué tema tocaste?

RL: Me llamó el pianista, arreglista americano y director musical del concierto, John Beasley, para hacer un segmento de latin jazz, música cubana y música árabe. Me acompañaron en la percusión Rhani Krija (percusionista de Sting y Peter Gabriel), el armonicista Antonio Serrano (Paco de Lucía) y Marcus Miller en el bajo. Toqué un popurrí, incluyendo "Tangier Bay", de Randy Weston, Lágrimas negras, de Miguel Matamoros, y dos canciones del folclore marroquí. En ese concierto y los días anteriores tuve el privilegio de compartir con otro ídolo, Herbie Hancock, un sueño hecho realidad. ¡Todavía no me lo creo!

JenD: Si pudieras cambiar algo en el mundo de la música, y se pudiera convertir en realidad, ¿qué sería?

RL: Esto me hace pensar en el libro de Pannonica de Koenigswarter " The Baroness of Jazz", que ayudó mucho a los músicos de jazz (Charlie Parker, Monk, etc.) y después escribió un libro llamado "Three Wishes".

Para responder a tu pregunta, diría que mi sueño sería que la industria de la música cambie y sea más diversa y menos concentrada como lo es hoy en día, a nivel comercial, con el reggaetón o música urbana. Recuerdo que en los 80 y 90 había más diversidad en la radio.

JenD: ¿Qué ves como la próxima frontera musical para ti?

RL: ¡Hacer mi primera producción discográfica!

JenD: ¿Dónde haces carrera en la actualidad?

RL: Estoy radicado en Nueva York desde hace 13 años.

JenD: ¿Qué otros planes hay para Román Lajara en este 2024?

RL: Muchos conciertos, grabaciones, y una gira por Colombia y Australia, con el grupo de Latin Jazz del maestro Luisito Quintero (percusionista del difunto Chick Corea, y Jack DeJohnette entre otros). ¡Y, quién sabe, ir a tocar al patio!

Román, en tus palabras, ¿qué quisieras adicionar y compartir con nuestros lectores?

RL: Por favor, sigan apoyando el jazz y la música buena en RD, y ¡gracias, Fernando, por tu labor!

Nuestras gracias a Román, por su tiempo, por su apasionada entrega en seguir sus sueños, y por ser embajador nuestro alrededor del mundo.

----- 0 -----

El QR de arriba le llevará a disfrutar, en su teléfono móvil u otro dispositivo tecnológico, de la presentación de Román en el Concierto Mundial de Estrellas (All-Star Global Concert) del Día Internacional del Jazz 2024 desde el Palacio de las Artes y la Cultura de Tánger, Marruecos el pasado 30 de abril. El video contiene el concierto completo; Román con el bajista Marcus Miller son acompañados por la banda planta del evento, iniciando al 1:09:58.

Daroll Méndez
--1 de 2--

Desde los inicios de Jazz en Dominicana, un jovencito asistía semanalmente a ver a sus héroes tocar, como Joe Nicolás, Otoniel Nicolás, Josean Jacobo y otros, disfrutando en grande de estos. Al muy poco tiempo se estrenaba en sus jam sessions en el bajo, acompañando en el instrumento a muchos proyectos de jazz de jóvenes, así como de experimentados grupos. Siempre entregado a estos, con un don de servicio fuera de lo común para alguien de su edad; un chico que gustaba de enseñarles a otros lo que él iba aprendiendo. Inteligente, humilde, servicial, en eterna búsqueda; estudiante y a la vez educador. Así lo conocí y así continúa siendo... Daroll ... con su eterna sonrisa...

Daroll Méndez es bajista, arreglista y director musical. Es un artista cercano y comprometido; reconocido en su versatilidad, abordaje y dominio del bajo eléctrico, contrabajo y Baby Bass, aportando la identidad requerida en cada proyecto artístico. Licenciado en Música Contemporánea de la UNPHU, y a su vez, formado en el Conservatorio Nacional de Música, siendo su primer maestro y pilar Joe Nicolás. 14 años de experiencia en agrupaciones y proyectos musicales, conciertos, premiaciones, festivales nacionales e internacionales como: BarranquiJazz, Dominican Republic Jazz Festival, Festival de Jazz de Panamá y Salem National Historic Site. Ha acompañado a artistas internacionales como Concha Buika, Danny Rivera, Néstor Torres, Ed Calle, Mushy & Joel Widmaier y Álvaro Torres. Ha acompañado a agrupaciones y cantantes como Xiomara Fortuna, Cecilia García, Maridalia Hernández, José Duluc y Los Guerreros del Fuego, Javier Vargas y Atré, Isaac Hernández y Orquesta Papa Molina. Recientemente, grabó para Diego Jaar, Constanza Liz y Alex Ferreira. Bajista de los proyectos de Josean Jacobo, María del Mar, Omar Quezada y Pororó, como director musical.

Con esta introducción damos inicio a nuestra entrevista con Daroll Méndez, a quien nos honra presentarles a través de esta publicación, que por su contenido entregaremos en dos partes. La primera inicia con la siguiente pregunta:

Jazz en Dominicana (JenD):¿Quién es Daroll Méndez según Daroll Méndez?

Daroll Méndez (DM): Soy una persona que siempre ha buscado crecer y aportar a su entorno con y a través del arte.

JenD: ¿Cómo te inicias en la música? ¿Por qué el bajo?

DM: En mi casa rondaba la música, nos unía el baile y, particularmente, la música siempre me cautivó; mi mamá me consiguió un profesor de guitarra. Sin embargo, vi un video de Louis Johnson, y supe que ese sería mi instrumento. Luego, vi un video de Ramón Orlando con Joe Nicolás y aseguré que estudiaría bajo... sin imaginarme que años después, sería Joe Nicolás mi maestro.

JenD: ¿Quiénes fueron y son tus influenciadores?

DM:

- Mi padre, Rolando Méndez, quien, en su juventud aspiraba a ser bajista, además, de ayudarme a completar lo que costó mi primer bajo.
- Roger De La Rosa, hermano de la vida y la música, quien me ha orientado con su musicalidad amplia.
- Joe Nicolás, mi maestro de bajo eléctrico en el Taller del Músico y el Conservatorio Nacional de Música.
- Javier "Javielo" Vargas, mi maestro de estudios musicales y mentor.
- Josean Jacobo, colega y maestro musical.

JenD: ¿Cómo fueron tus estudios?

DM: Estudié toda mi etapa de colegio en el Centro Educativo Los Prados, donde justamente conozco a los hermanos De La Rosa, quienes me motivaron a entrar al Conservatorio Nacional de Música en el 2010, preparándome previamente en el Taller del Músico, academia musical del maestro Joe Nicolás.

JenD: ¿El Conservatorio Nacional de Música? ¿La Escuela Internacional de Música Contemporánea en la UNPHU?

DM: Me admiten en el Conservatorio Nacional de Música en el 2010, a un año de culminar mi bachillerato en el colegio. Aquí desarrollo un pensum de cinco años, en el que alcanzo hasta el 2015, con materias como lectura musical, historia musical, bajo eléctrico, armonía, arreglo, composición, ensamble. No obstante, llego a este punto, pero no realizo mi recital de graduación.

Para el 2016, la Universidad Pedro Henríquez Ureña, dentro de la Facultad de Arquitectura y Artes, abre una Licenciatura en Música Contemporánea, dirigida por Corey Allen, en la que un compañero y colega baterista, Daniel Canario, realiza una gestión de solicitud de becas para esta carrera, financiadas por el Ministerio de la Juventud, en el 2017. Fuimos agraciados un grupo de músicos como Diego Ureña, luego ganador de la Beca Michel Camilo en Berklee College; Emmanuel Roque, entre otros. Me gradué como licenciado en música contemporánea para finales del 2022.

JenD: Bajo eléctrico o acústico, ¿cuál te gusta más y por qué? ¿El Baby Bass?

DM: Me encantan cada uno por separado, ya que cada uno de ellos tiene su propia personalidad y provoca, en cada formato y/o género musical, resultados standards como particulares. Empecé con la guitarra bajo, mejor conocido como bajo eléctrico. Luego, proseguí con el contrabajo acústico, como también el Baby Bass, que es un contrabajo eléctrico, los cuales me han ampliado mis horizontes artísticos como profesional en la música.

JenD: Vienes tocando muchos estilos y géneros con diversos grupos. ¿Como te ha ayudado o te está ayudando?

DM: Ha alimentado en gran sentido o sin medidas, la versatilidad que me acompaña en este viaje. Siempre estoy presto a aprender y explorar todo lo que la música me puede ofrecer.

JenD: ¿Consideras que ya tienes tu estilo? ¿Tu sonido?

DM: Pudiera decir que sigo desarrollando mi personalidad artística, donde se pudieran desglosar estos puntos como estilo, sonoridad, técnica, presencia escénica. Expresando que voy viéndolo todo más claro con lo que me va representando y madurando para conmigo como artista. Te resumo que sé cómo sueno y, por lo mismo, sigo indagando en todos los rincones de Daroll Méndez.

JenD: Hasta ahora has estado tocando como miembro de diversos grupos. ¿Tienes planes para liderar un grupo tú mismo?

DM: Claro que sí. Justamente todo esto que pudiéramos considerar una trayectoria como músico/artista, ha sido parte de una siembra y cosecha para lo que sería un proyecto musical liderado por mí… dando a ver y escuchar qué ha sido todo esto que ha estado, está y estará por salir. Prontamente habrá señales, y no de humo…

Hasta aquí llegamos con la primera parte del interesante encuentro con Daroll.

--2 de 2--

Sobre Daroll, el pianista, compositor, arreglista, líder de banda y educador Josean Jacobo nos comenta: Daroll Méndez es, definitivamente, de los bajistas de esta generación mejor formado, y con su propio estilo, se ha ido adueñando de un espacio en la música contemporánea dominicana. Su versatilidad lo ha colocado en escenarios de todo tipo de envergadura y tocando diversos géneros musicales, desde jazz, fusión, pop, música tropical y hasta musicales.

Con esta introducción de Josean publicamos la segunda y última parte de nuestra entrevista a Daroll Méndez:

Jazz en Dominicana (JenD): Has grabado con muchos. ¿con quiénes y cómo fueron esas experiencias?

Daroll Méndez (DM): He tenido el privilegio de que se me tenga en cuenta a la hora de que un artista y/o productor necesita grabar un bajo eléctrico, contrabajo o Baby Bass. Cada experiencia, al momento de grabar, es particular, desde el estudio donde se graba, el ingeniero que opera y lo que sea que pueda ocurrir en esta situación tan viva.

Me ha tocado grabar canciones individuales, producciones completas, sesiones en vivo, música para películas, especiales de TV y demás. He aquí parte de las encantadoras e interesantes propuestas en las que he podido aportar con mi arte para otros artistas como Pororó, Josean Jacobo, Isaac Hernández, Javier Vargas & Atré, Lena Dardelet, Diego Jaar, Constanza Liz y muchos más.

JenD: ¿Has empezado a componer?

DM: En mi etapa como estudiante en el CNM, empecé a componer. Sin embargo, puedo decir que me he dedicado más al oficio del arreglo musical.

JenD: ¿Qué es el Afro Dominican jazz? ¿Existe hoy en día el Afro Dominican Jazz?

DM: Para mí, el jazz afrodominicano es un género musical con bases en la fusión de varios elementos, como son el folklore dominicano con el jazz.

JenD: Has participado en festivales fuera del país. ¿Con qué agrupaciones? ¿Dónde? ¿Cómo han sido estas experiencias?

DM:

— BarranquiJazz Festival (Barranquilla, Colombia): Josean Jacobo & Tumbao (2016).

— Panamá Jazz Festival: Global Stage. Josean Jacobo & Tumbao (2018).

— Salem Maritime Festival (Salem, MA, E.E.U.U.) Josean Jacobo & Tumbao (2018 y 2019).

Opiniones:

JenD: ¿Cuál es tu opinión sobre el estado del jazz en la actualidad en nuestro país?

DM: Nuestro país es especial, por cómo los músicos desarrollan propuestas con mucho potencial exportable para los grandes mercados de este género. Sin embargo, a muchos proyectos no le es tan rentable y van desertando, por el género o por el mismo proyecto, dejándolo como una etapa más de su propia trayectoria artística.

¿Sus festivales, sus espacios de jazz en vivo?

DM: Más allá de cualquier temporada, no se puede dejar de mencionar el gran espacio que se ha formado en el Dominican Fiesta Hotel, el Fiesta Sunset Jazz, por Jazz en Dominicana. En Santiago, los Lunes de Jazz han tenido diversos espacios a través del tiempo. Después de eso, diferentes producciones a través de festivales y teatros: Concierto de Michel Camilo, Festival de Jazz de Casa de Teatro, Dominican Republic Jazz Fest, en Puerto Plata, Punta Cana Jazz Fest, Jazzmanía, producido por Iván Mieses, los miércoles en el Arturo Fuente Cigar Club, quienes también producen anualmente La Gran Fumada, en el que ha sido invitado especial Arturo Sandoval. Los 16 de agosto se realizaba el Festival de Jazz Restauración, producido por Iván Fernández. También se produjeron varias ediciones del Portofino Jazz Festival.

¿Los medios y el jazz (escritos, radiales, digitales y sociales)?

DM: Los que tengo más frescos: Besos y Abrazos, con Raquel y José. Música a las 12, con Octavio Beras Goico. El Blog/Página de Jazz en Dominicana, con una vigente cartelera del acontecer jazzístico en el país. César Namnúm, con sus transmisiones en vivo (y a través de compasillo.com) de destacados conciertos de festivales de jazz locales.

JenD: Responde lo primero que te venga a la cabeza sobre los siguientes.

Daroll Méndez – Yo.

El jazz – Música.

El Bajo - Mi catapulta.

El CNM - Mi casa.

La UNPHU - Mi título.

Josean Jacobo & Tumbao - Una escuela.

JenD: ¿Qué planes en este 2024 hay para Daroll?

DM: Todo lo que quiera el universo para mí.

JenD: Daroll, ¿qué quisieras adicionar y compartir con nuestros lectores?

DM: Espero que sigan atentos a la serie de entrevistas que seguirán después de la mía; y de mi parte, venimos con música que le hará honor a esta parte que expreso por aquí.

El QR de arriba le llevará a su participación en el lanzamiento de Navegando con el Viento (Josean Jacobo) en The Hostos Center for the Arts & Culture New York City con Josean Jacobo Trío en Julio del 2021. El cual puede disfrutar a través de su teléfono móvil u otro dispositivo tecnológico.

Jhon Martez

--1 de 2--

Estaba por iniciarse la primera edición de Berklee en Santo Domingo, y un gran entusiasmo nos llenaba de orgullo por el logro de esta actividad, sueño de mi gran amigo Francisco Javier Vargas Heredia (Javielo), muy querido guitarrista, compositor, arreglista, líder de banda y, sobre todo, educador. Nuestro hijo Sebastian estaría en el mismo. Hablando con Javielo, me llamó la atención un niño, trompetista, y Javielo me dijo quién era y lo que se esperaba de ese muchachito, un prodigio en el instrumento.

Fueron días de estudio intensivo, con conferencias y clases que abarcaron teoría, entrenamiento auditivo, improvisación, interpretación en conjunto e instrucción instrumental. Días en los cuales se llevó a cabo una serie de clases magistrales por parte de profesores de Berklee y artistas invitados especiales en composición, arreglos y composición de canciones, tanto individualmente como en grupos de conjunto.

Ojo echado sobre Jhon Martez, nuestro Sebastian y tantos otros que serían el futuro de nuestro jazz y otros géneros… y luego siguieron otras versiones, y uno maravillado con el crecimiento de "los muchachos".

Jhon Rafael Martez Melenciano nació en San Cristóbal, y comenzó sus estudios musicales a los cuatro años de edad, de la mano de sus padres. Ingresó a los nueve años al Conservatorio Nacional de Música, donde fue primera trompeta de la Big Band del CNM, así como de la Orquesta Sinfónica Juan Pablo Duarte, la Orquesta Sinfónica Juvenil y solista en dos ocasiones de la Orquesta Sinfónica Nacional. A la edad de nueve años descubrió su pasión por el jazz en el primer programa de Berklee en Santo Domingo y hoy cursa estudios, becado, en la prestigiosa Berklee College of Music.

A continuación, nuestra última entrevista de este 2024, la cual publicamos en dos partes, en la cual nos honra dar a conocer el resultado del conversao con Jhon. Demos inicio, pues, a esta primera de dos entregas:

Jazz en Dominicana (JenD): "¿Quién es Jhon Martez según Jhon Martez"?

Jhon Martez (JM): Me describo como un joven humilde y luchador, con muchos sueños y metas.

JenD: ¿Dónde naciste y creciste?

JM: Nací y crecí en República Dominicana, en una familia de músicos; mi padre, saxofonista, mi madre, cantante y mis hermanos (Junior, "saxofonista", Isaac, "pianista" y mi pequeña hermana siguió el camino de mi madre, así que es "cantante"). Todos mis hermanos empezaron por la trompeta, pero decidieron tocar otros instrumentos, debido a la dificultad de esta. De pequeñito andaba con la trompeta, arrastrándola por el piso, como si fuera un carrito. A veces hablaba por la boquilla y le decía a mi papá que me mirara tocar hasta que un día, en vez de hablar, le pude sacar sonido y desde ese momento, todo cambió. Esa primera nota musical fue a los cuatro años y, por suerte, mi padre estaba cerca y escuchó, sorprendido, y me pidió que la tocara nuevamente y desde ese momento empezó a darme clases de música, convirtiéndose en mi primer profesor.

JenD: ¿Cómo te inicias en la música? ¿Quiénes fueron y son tus influenciadores?

JM: Me crie bajo la influencia musical de mis padres y mis hermanos mayores, la cual me ayudó a entrar al Conservatorio Nacional de Música con solo 9 años. Pasé cinco años tomando clases con el gran maestro Juan Arvelo (profesor de trompeta) y el profesor Javier Vargas fue quien me motivó a irme al mundo del jazz, permitiéndome entrar a la Big Band del Conservatorio. A los 13 años me convertí en el primer niño en asistir a un programa de Berklee con esa edad y actualmente me encuentro en mi penúltimo semestre.

JenD: ¿Hay otros músicos en tu familia?

JM: Mi padre es saxofonista; mi madre es cantante y mis hermanos Junior (saxofonista), Isaac (pianista) y mi pequeña hermana, quien siguió el camino de mi madre, es cantante.

JenD: ¿Quiénes o cuáles profesores te ayudaron a progresar a los niveles que has llegado hoy día? ¿Dónde y cómo fueron tus estudios?

JM: Mi padre fue mi primer profesor de música en general, por lo cual, gracias a Dios y a él pude aprender todos los elementos básicos. Luego, tomé clases con el profesor Juan Arvelo, en el Conservatorio Nacional de Música, lo que me ayudó bastante en la técnica de trompeta. Javier Vargas fue mi primer profesor de jazz, y fue quien hizo que me inclinara un poquito más al departamento popular lo cual fue de gran ayuda para entrar a la Berklee College of Music.

JenD: Te iniciaste en el Conservatorio Nacional de Música, ¿cómo fueron esos años y experiencias?

JM: Inicié en el Conservatorio a la edad de 9 años. Fue muy difícil entrar, ya que la edad mínima era de 16, pero me dieron el examen por error y lo pasé con calificaciones sobresalientes. ¡A pesar de la edad, tuvieron que dejarme entrar! Tuve muchas lindas experiencias, ya que era el único niño para ese momento, y mi papá debía acompañarme a todas mis clases; también hubo algunas diferencias (de trato) por mi edad y momentos incómodos, pero fue una experiencia inolvidable.

JenD: Participaste de los programas Berklee en Santo Domingo en su primera etapa, ¿cómo fueron los programas, los intensos días? ¿De ahí es que sale tu beca en Berklee College of Music?

JM: Asistí a tres programas de verano consecutivos en Berklee, ya que por la edad ellos no podían darme la beca de cuatro años, pero en mi último five-week audicioné en Boston y fui ganador de una beca completa para asistir a esa afamada casa de educación superior.

JenD: ¿Cómo ha sido este tiempo en Boston?

JM: Actualmente me encuentro experimentando con ritmos diferentes, no solamente jazz, haciendo varias fusiones y produciendo mis propias canciones, no solo tocando trompeta sino cantando y tocando otros instrumentos, como el saxofón.

JenD: Vienes tocando en muchos estilos y géneros. ¿Cómo han sido estas aventuras musicales?

JM: Como dije, actualmente me encuentro experimentando con ritmos diferentes no solamente jazz, sino también Afrobeat, House, salsa, R&B, soul, entre otros. También estoy haciendo varias fusiones y produciendo mis propias canciones, no solo tocando trompeta sino cantando y tocando otros instrumentos como el saxofón y el trombón.

JenD: Nombra algunos de los grupos con los que has tocado, sus estilos o géneros y lo que fueron estos para ti.

JM: He tenido la oportunidad de tocar con la Sinfónica Nacional de República Dominicana, Gilberto Santa Rosa, Isaac Delgado, Bárbara Zamora, entre otros artistas. En el país, con Jordi Masalles y su Tiempo Libre. También tengo mi propia agrupación en Boston, que me ha ayudado a ganar dos competencias dentro de la universidad.

JenD: ¿Practicas mucho? ¿Qué rutinas utilizas y recomiendas para mejorar habilidades musicales?

JM: Antes de entrar a Berklee practicaba ocho horas diarias, lo que me ayudó bastante a convertirme en lo que soy hoy en día. Actualmente, por las clases y otras ocupaciones, no tengo tanto tiempo como solía tener.

Hasta aquí, el final de la primera parte.

2 de 2

Jhon es muy entregado a presentarse en el país, cada vez que viene de vacaciones o para eventos puntuales, como festivales de jazz (Sajoma, Casa de Teatro, entre otros). Cada vez que viene toca en nuestro Fiesta Sunset Jazz, donde, en variados formatos de trío y cuarteto, ha ido mostrando los niveles de competencia que ha ido adquiriendo en su institución de altos estudios, el Berklee College of Music, convirtiendo cada noche en un completo regocijo para el nutrido público que puede apreciar su crecimiento, las profundidades de su formación, para ser parte del escenario musical del país y del mundo... ¡ahora, en el presente, y mañana, en el futuro!

Continuamos, pues, con la segunda y última parte de nuestra entrevista con Jhon Martez.

Jazz en Dominicana (JenD): ¿Cuál, para ti, es el balance entre la música, el intelecto y el alma?

Jhon Martez (JM): Para mí, la música tiene mucho que ver con el alma, y dependiendo de lo que escuches es como te vas a sentir. La música es más poderosa de lo que pensamos, e incluso, tiene el poder de sanar enfermedades. Es de suma importancia prestar atención a lo que escuchamos.

JenD: ¿Cuáles, para ti, han sido los álbumes que te han influenciado?

JM: Los álbumes que más me han influenciado son Kind of Blue de Miles Davis y el álbum de Clifford Brown & Max Roach.

JenD: ¿Que música escuchas en estos días?

JM: Me encanta el jazz, pero escucho de todo un poco. Me gusta mucho escuchar y tocar salsa, ya que en mi opinión, tiene mucha influencia del jazz. También me gusta escuchar R&B y House.

JenD: Tocas, arreglas, compones, cantas.- ¿Qué significa cada una para ti?

JM: Tocar, componer y cantar son maneras de expresarme. Cuando toco trompeta me siento inspirado, como en mis inicios, pero cuando canto o compongo es más como una manera de desahogo o expresar lo que siento. Hago las tres cosas al mismo tiempo, cuando produzco mis canciones. Siempre intento ponerle mi toque especial, que es la trompeta, la cual hace que mis canciones sean más especiales para mí y para las personas que las escuchan.

JenD: Ya has lanzado dos producciones: Jhon Martez - Jazz Resurrection, Vol. 1 y Vol. 2; ¿hay más en camino?

JM: Se acerca mi nuevo sencillo, en el cual me inclino un poquito por la parte comercial. Pronto lanzaré un afrobeat, y para diciembre estaré lanzando varios sencillos de jazz.

JenD: ¿Cómo surge la idea o necesidad de realizar tus primeras producciones discográficas?

JM: Fue un sueño que desde hace mucho tiempo tenía en mi corazón. Al transcribir mis artistas favoritos, pensaba en un escenario, interpretando esos temas, pero añadiendo nuevos colores e ideas, y esto es lo que, gracias a Dios y a estos excelentes músicos, he logrado. Crecí escuchando a mi padre tocar, con su saxofón, la mayorías de ellos, y él también me ayudó en la selección. Esta obra es la continuidad del proyecto que empecé el verano del año pasado, con el volumen 1. Decidí grabar y compartir Jazz

Resurrection Vol. 2 para seguir con esta secuela, tengo pensado sacar el Volumen 3 para mis vacaciones de verano del próximo año, y así sucesivamente.

JenD: Si pudieras cambiar algo en el mundo de la música, y se pudiera convertir en realidad, ¿qué sería?

JM: Si pudiera cambiar algo en el mundo de la música fuera la educación musical de los jóvenes de hoy en día, ya que en mi opinión, siento que los profesores no exigen tanto como antes, y los alumnos ya no dan lo mejor, por eso es por lo que ya no tenemos a tantas estrellas como Clifford Brown, entre otros jóvenes jazzistas que fueron practicantes (los mejores) y eran jóvenes. También estamos viviendo en una época un poco peligrosa, ya que todos quieren ser artistas y por los avances tecnológicos, cualquier persona puede hacer una canción, lo que hace que la industria musical se encuentre saturada.

JenD: ¿Qué ves como la próxima frontera musical para ti?

JM: Mi próxima frontera musical es el sueño que siempre he tenido: ¡convertirme en un artista y entrar en el top de los mejores trompetistas!

JenD: ¿Cuál es tu opinión sobre el estado del jazz en la actualidad en nuestro país?

JM: El jazz en República Dominicana se está reconociendo cada vez más, aunque pudiera haber sido más apoyado, pero poco a poco, está siendo más reconocido por los jóvenes.

JenD: ¿Qué otros planes hay para Jhon Martez en lo que resta el 2024 y en los primeros meses del 2025?

JM: He tocado en varios festivales de jazz en Boston y en República Dominicana, con mi banda. Estoy feliz por las oportunidades que Dios me ha dado. En unos días estaré representando a República Dominicana y a Berklee en la embajada dominicana en Washington, D.C., entre otras actividades y conciertos.

Y, actualmente me estoy preparando para lanzarme como artista, no solo como trompetista. Pronto sacaré una nueva canción, en la cual estaré dando a conocer todas mis habilidades. La canción es un afrobeat, en la cual canto y toco trompeta, para darle a entender al público que no solamente soy jazzista, sino artista y compositor. Actualmente tengo más de 80 canciones y me estoy planificando para lanzarlas, todas producidas y escritas por mí. Dentro de estas canciones se encuentran varios ritmos y fusiones, lo que hace todo aún más interesante.

Jhon, ¿qué quisieras adicionar y compartir con nuestros lectores?

JM: Estamos viviendo en unos tiempos difíciles, ya que se ha perdido mucho el decir "no" o llamarle la atención a una persona y decirle lo que está bien y lo que está mal. Muchas veces, profesores y personas dicen que algo está bien solamente para no hacer sentir mal al otro, y eso hace que los estándares y los futuros artistas ya no sean tan exitosos como solían ser antes. A veces vivimos la mentira de decir música "comercial" a la música mala o repetitiva, pero yo soy de quienes dicen que se puede hacer música comercial de calidad, y un claro ejemplo es Juan Luis Guerra.

¡¡¡La música es más poderosa de lo que pensamos!!!

Nuestras gracias a Jhon por su tiempo, y exhortamos a nuestros lectores a seguir su carrera, que muchos frutos ha de dar al jazz, en Dominicana y en el mundo!!

----- 0 -----

El QR de arriba le llevará a disfrutar, en su teléfono móvil u otro dispositivo tecnológico, de su segunda producción discográfica: Jazz Resurrection, Vol 2.

A Dominican Jazz Sampler - Playlist by Jazz en Dominicana

Durante el año 2024, varios músicos y agrupaciones, entre estos, el pianista Gustavo Rodríguez, la baterista Ivanna Cuesta, el saxofonista Luís Disla y la agrupación Retro Jazz lanzaron producciones discográficas. Siendo éstas las más recientes que se suman a la discografía del Jazz en la República Dominicana!

El Listado de Reproducción (Playlist) que hemos preparado está conformado por una selección de temas de jazz realizados por músicos y/o agrupaciones dominicanas, y que se encuentran en sus diversas y variadas producciones.

Música de, entre otros: Darío Estrella, Mario Rivera, Michel Camilo, Alex Díaz, Juan Francisco Ordóñez, Rafelito Mirabal & Sistema Temperado, Oscar Micheli, Yasser Tejeda, Pengbian Sang & Retro Jazz, Proyecto Piña Duluc, Josean Jacobo, Isaac Hernández, Joshy Melo, Wilfredo Reyes, Jose Alberto Ureña, Gustavo Rodríguez, Jhon Martez, Alexander Vásquez, Sly De Moya, Javier Rosario, Isaac Hernández, Gustavo Rodríguez, Ivanna Cuesta, y Luís Disla.

Hacemos notar que esta es una selección no definitiva de nuestro Jazz. Se estarán adicionando temas en el tiempo. Hemos tratado de tener al menos un tema de cada músico que ha lanzado una producción discográfica.

En el QR de arriba pueden disfrutar del playlist a través de su celular.

El código ¨QR (Quick Response Code) nos permite escuchar al instante, a través de un teléfono móvil u otro dispositivo tecnológico, ** Descarga una aplicación de lectura de Código QR, disponibles en Google Play Store, si tienes Android, o App Store, si cuentas con tecnología de Apple.

Sobre el autor

Fernando Rodriguez De Mondesert

Fernando Rodriguez De Mondesert nace en Santo Domingo, República Dominicana; y a muy temprana edad se muda a Estados Unidos donde vive y se educa en Hempstead, New York. Hace sus estudios superiores en la Universidad de Houston y ejerce su carrera hotelera con la cadena Hilton hasta el 1982 cuando retorna a su país natal. Desde 1983 hasta 2008 dedicado al sector del transporte y logística de carga; habiendo sido, entre otros: Gerente de Operaciones de Island Couriers / Fedex; Gerente de la División Aérea de Caribetrans, S.A. y Gerente de País de DHL. En el 2006 crea Jazz en Dominicana, y desde el 2008 se dedica a cada día informar, promover, posicionar y desarrollar el jazz en el país y jazz dominicano al mundo.

A través de su plataforma, Jazz en Dominicana, el gestor cultural ha desarrollado una serie de herramientas, productos y servicios que complementan la misión escogida en pro del género musical. Estas incluyen:

- Escritor: En el Blog ha escrito más de 2,500 artículos, reseñas y biografías; además, sus artículos han sido publicados en periódicos nacionales dominicanos como: "Listín Diario", "Hoy", "El Caribe" y "Diario Libre". Actualmente tiene una columna mensual llamada "Hablemos de Jazz" en Ritmo Social. Escribe en la afamada All About Jazz en inglés. Es miembro del Jazz Journalist Association.

- Creador y productor de espacios de Jazz en vivo: en ellos se han realizado más de 1,450 eventos desde Septiembre del 2007. Actualmente los espacios que maneja son el Fiesta Sunset Jazz, y Jazz Nights at Acrópolis en Santo Domingo.

- Productor de conciertos. Se destacan el World Jazz Circuit en los cuales se presentaron grandes artistas como Peter Erskine, John Patitucci, Frank Gambale, Otmaro Ruíz, Alain Caron y Alex Acuña; los conciertos que por 12 años consecutivos se han realizado con motivo del Día Internacional del Jazz, entre otros.

- Escritor de Liner Notes y productor de lanzamientos de producciones discográficas. A la fecha ha escrito los Liner Notes de 14 discos, y producido 11 lanzamientos.

- Otros: Expositor en charlas sobre el género; participaciones en programas radiales; el llevar a grupos dominicanos a festivales en el exterior; desde su fundación ha sido miembro del panel de jueces para el 7 Virtual Jazz Club Contest, en el 2022 Presidente del Jurado de la 7ma versión de dicha competencia; entre otros.

- Ha recibido multiples reconocimientos, como lo son de: los Ministerios de Turismo y de Cultura de la

República Dominicana, UNESCO, el Centro León, International Jazz Day, Herbie Hancock Institute of Jazz, Universidad Pedro Henriquez Ureña (UNPHU), Casa de Teatro, Festival de Arte Vivo, New Orleans Jazz Museum, y MusicEd Fest, entre otros. En el 2012 el Premio Casandra como co-productor del "Mejor Concierto del Año - Jazzeando".

– En el 2021 fue el primer ganador de los Ukiyoto Wordsmith Awards

Ganador del Global Blog Awards 2019 Season II. Este es el séptimo titulo que publica con la Ukiyoto Publishing Company: *Jazz en Dominicana - Las Entrevistas 2019* (febrero 2020); *Mujeres en el Jazz ... en Dominicana (febrero 2021); Jazz en Dominicana - Las Entrevistas 2020 (abril 2021); Jazz en Dominicana - Las Entrevistas 2021 (febrero 2022); Jazz en Dominicana - Las Entrevistas 2022 (abril 2023); Jazz en Dominicana - Las Entrevistas 2023 (mayo 2024); y, Jazz en Dominicana - The Interviews 2024.*

Estas publicaciones abren una ventana a diversos actores que han sido, son y serán parte de la escena del jazz en el país. Los libros publicados a la fecha, contienen entrevistas a 52 músicos y 10 productores de festivales, eventos y programas radiales; así como la presentación de 50 mujeres, quienes han contribuido y están contribuyendo enormemente en todos los estilos y en todas las épocas de la historia del jazz en la República Dominicana.

Por estos medios Fernando aporta a la cultura de la música, en especial del Jazz, en la República Dominicana.

JAZZ EN DOMINICANA

THE INTERVIEWS 2024

Fernando Rodriguez De Mondesert

Dedication:

This is the sixth book in the *Jazz en Dominicana - The Interviews* series. It contains the questions and answers held with 9 Dominican musicians during 2024. The books published to date contain interviews with 52 musicians and 10 producers of festivals, events and radio programs; who have contributed and are contributing enormously in all styles and in all periods of the history of jazz in the Dominican Republic. To these actors I dedicate these works.

A very special dedication to my dear wife Ilusha, who has been and is my great support, advisor, inspiration and above all ... my friend; who with Sebastián, Renata and Carlos Antonio, motivate me to do more and be better every day. To Eduardo, Guillermo, Pedro and Freddy, who have selflessly collaborated with this publication.

It has always been and continues to be our intention that through these interviews we provide the reader with a look at the talented actors who are an essential part of the jazz scene in our country, the Dominican Republic.

It is for all of you and for jazz in our country that these efforts are being made and will continue to be made, with much love, enthusiasm, dedication and passion!!

Acknowledgements:

18 years ago, Jazz en Dominicana began as a digital medium focused on reporting on the dynamics of jazz in the Dominican Republic. Over time, it has become a project that has worked to promote and develop our talents, in the country and internationally. I am very grateful to the musicians (those of yesterday, those of today, and those of tomorrow); to the great public that follows jazz; to the establishments that have been and are centers of performances; to the brands that sponsor and believe in this genre; to the written, digital, radio, and television media; and to great friends, for their great support and backing.

I thank Ukiyoto Publishing for believing that a jazz blog in Spanish could have quality content, and could motivate them to invite me to deliver a new title.

Finally, I want to thank the great human team that accompanies me in this labor of love for jazz... they are producers, sound technicians, illustrators, designers, photographers, collaborators, and more; they are all very special people who are always ready for the next event, project and jazz adventure.

To all of them, my deepest thanks and appreciation.

Prologue

In order to preserve and transmit facts and customs, man writes, sometimes without being able to measure, in its true dimension, the scope of the work, and the connotations that the developed theme takes on over time. As a reader, the human being uses this tool to "be present" in that moment that the author places himself in, or at which he wants to place himself. He achieves this by making reference to what is experienced; what is seen, and what is heard. And on this last word "listen", we have the opportunity to count on a person who has not disdained a single opportunity to influence what is heard, and how jazz is heard; using, among many other ways, this one, which is literature, by writing the most recent installment of the series "Jazz en Dominicana - The Interviews". And what does this tenacious promoter, cultural agent, radio producer, event producer, and, above all –considering the case of the species-, writer, Fernando Rodríguez De Mondesert, achieves with this seventh title corresponding to the sixth book of interviews? Well, he show us a professional who transcends the mere job of promoting this musical genre, which is increasingly consumed in our country.

This renewed publication of "Jazz en Dominicana: The Interviews 2024" gives us, in addition to the expected and didactic interviews; with specific and complex questions; in different scenarios; and in two languages, to protagonists of the local scene; residents both in the Dominican Republic and abroad; a format that includes QR technology to be able to listen to the music of the interviewee. In short, a comprehensive experience.

And referring to "the experience"; that of the author, among many things, is evident when interviewing these nine outstanding musicians; adding with this more than fifty to his credit, in addition to a dozen producers of radio programs, events, concerts and festivals; adding to this the presentation of the contributions of 50 women in jazz.

When reading these interviews we can perceive a relaxed Fernando Rodríguez de Mondesert, in full confidence with the interviewee, who are no less relaxed. This gives rise to the moral values of the characters, as well as their training, career and their own reflections. With great mastery and subtlety, he scrutinizes the creative processes, their tastes and musical inclinations; thereby achieving that the reader penetrates into the interior of these musicians; who, by detailing their influences and challenges, manage to broaden the interested party's cognitive field in terms of jazz, and thus increase their heritage. Fernando carries out all this with an evident altruistic interest that underlies his questions; an unequivocal sign of having a full intention to contribute.

I cordially invite you, dear reader, to indulge in this anthology work called "The Interviews 2024", the youngest of "Jazz en Dominicana"; the seventh publication of this medium (Ukiyoto Publishing); which since 2006 has been creating and sharing content for all lovers of this appreciated musical genre.

Freddy De la Rosa Martínez

(So Many Times Freddy)

Freddy is an exceptional being who really enjoys living and enjoying life and everything it offers. Among "so many" things, he is a Radio Producer, Music Lover, Cultural Manager, Bar Owner, and above all, a great friend!

A book with music that you can listen to

As a way of having these readings interactive and didactic, we have supported the texts with the inclusion of ¨QR¨ (Quick Response Code). This allows us to listen instantly, through a mobile phone or other technological device, samples of the work of the musicians that are part of this publication. This is a resource that connects readers with these interviewees

Download a QR Code reading application, available in Google Play Store, if you have Android, or App Store, if you have Apple technology.

Contents

Gustavo Rodríguez	1
Alex Díaz	11
Carlos Marcelo	25
Ivanna Cuesta	41
Carlos Herrand Pou	54
Iván Carbuccia	65
Román Lajara	72
Daroll Méndez	81
Jhon Martez	90
About the Author	*102*

Gustavo Rodríguez

--1 of 2--

I wanted something very special for the publication of our first presentation, in 2024, of the Jazz en Dominicana: Interview Series. When I was preparing the list of interviewees, the name of the great musician, composer and educator Gustavo "El Gus" Rodríguez came to mind. He is also a very special human being, whom I have the honor of calling my friend.

We met on several occasions, before starting the concerts at the Fiesta Sunset Jazz venue, between sips of coffee, have a conversation in which questions came and went with great ease. Before delving into the interview, let me share some biographical information about Gus:

Gustavo Adolfo Rodríguez Zorrilla, "Gus Rodríguez", is a renowned jazz pianist, producer, arranger, musical director and music teacher. He was the founder of the Modern Music Department of the National Conservatory of Music of the Dominican Republic. He studied at The Grove School of Music in Los Angeles, California, graduating from the Keyboard Instruction Program (KIP) in 1987, followed by a Recording Engineer Major (REM) and Composing and Arranging Program (CAP). He has participated in renowned national and international jazz festivals, such as the International Jazz Panyard, Ramajay, Trinidad and Tobago Jazz Festival, Dominican Republic Jazz Festival; Restauración International Jazz Festival, and the Santo Domingo Jazz Festival at Casa de Teatro. As a composer, he has created the soundtracks for several Dominican films. He has also distinguished himself as a musical director of theatrical productions.

With the help of La Oreja Media Group, he released the album Amargue Sessions, Vol. 1 in 2022. This was followed in 2023 by Amargue Sessions Duets, and a few days ago, on the occasion of International Women's Day, he released Mujeres en Amargue, Vol. 1. Come on in and read the interview to find out what Gus' first jazz production will be like!!!

Rodríguez, in addition to producing his music, recordings, performances and related topics, is a professor of arrangements, composition, improvisation and harmonic training at the School of Contemporary Music of the Universidad Nacional Pedro Henríquez Ureña (UNPHU).

Below, we begin this first of two parts of our meeting with Gus.

Jazz en Dominicana (JenD): "Who is Gustavo Rodriguez, according to Gustavo Rodriguez"?

Gustavo Rodriguez (GR): A simple, sensitive human being with a great love for music and life.

JenD: Where were you born and raised?

GR: I was born in Gazcue, Santo Domingo, Dominican Republic and I grew up there.

JenD: How did you get started in music?

GR: There was a piano academy in my house, and my uncles, who lived with me, were professional musicians. They passed on their love for music to me.

JenD: Why did you choose piano?

GR: Well... actually, I always played guitar, piano, bass and drums... and it was like a game; my brothers, cousins and I alternated instruments. But in the end, I entered the academy at my house, to study piano, and from there I went on to become a pianist.

JenD: Who were and are your influencers?

GR: It's a long list, it starts with my uncles... then, I had Miguelito Méndez, Juan Luis Guerra, Toné Vicioso as teachers, the Elementary School of Music at the Conservatory and, finally, The Grove School of Music, in Los Angeles, California.

JenD: Who or what teachers helped you progress to the levels you have reached today? Where and how were your studies?

GR: My piano teacher at the Grove School of Music was Joyce Collins. I was also taught by Claire Fischer, Henry Mancini, etc.

JenD: You have been playing for a long time, and in many styles and genres throughout all these years. How have these musical adventures been?

GR: I'll start by saying that I've been playing since I was a child, and I was always influenced by Brazilian music, and since in the Dominican Republic we live off tourism, musicians have to play all kinds of music, for people who come from outside, to stay in hotels, and those who visit the Dominican beaches. And it has been a wonderful journey.

JenD: Name some of the groups you have played with, their styles or genres, and what they meant to you.

GR: Well... I could mention Cuarteto de Guarionex Aquino, Grupo Isla, La Gran Banda... I have played with Pengbian Sang, Sandy Gabriel, Carlos Estrada, David Sánchez, Ed Calle, Patato Valdés, Rudy Regalado, Sergio Méndez, Armando Manzanero, etc. These styles were salsa, merengue, reggae, bossa nova, samba, swing, straightahead, 12/8 African, bachata, fusion, World Music, boleros, funk, Afro-Peruvian music, etc. And all of this was my great school.

JenD: Do you practice a lot? What routines do you use and recommend to improve musical skills?

GR: I believe in practice, and in organized practice; I make weekly charts of my practices. I keep an exercise diary, whether it's scales, arpeggios, chords, voicings, and I write down each exercise, how long I practice each one, and I keep a diary for each one of them. This is called routines and repetitions. I use the circle of 4ths and 5ths to play everything in all the keys, because you have to play the same in all the keys. It's difficult, but there comes a time when you can do it.

At the end of all my routines and repetitions, then I dedicate the time to playing without thinking about all the exercises or repetitions, just playing without thinking... and with that I finish my practice routine.

JenD: Which, for you, have been the albums that have influenced you the most?

GR: First there's Magdalena, by Ellis Regina, Wes Montgomery and his album Maximum Swing, Sergio Méndez and his album Brasil 66; Wave, by Antonio Carlos Jobim, Contigo aprendí, by Armando Manzanero, Return to Forever, by Chick Corea, April Joy, by Pat Metheny, The Cure, by Keith Jarret, California Here I Come, by Bill Evans, Mountain Dance, by Dave Grusin, On Fire, by Michel Camilo, etc.

JenD: What music are you listening to these days?

GR: I'm listening a lot to a very young pianist, named Joey Alexander. I'm also listening to Leny Andrade and his album Arte Maior.

That's all for this first part...

2 of 2

Gustavo Rodríguez -Gus- has always supported, since tits beginning, the various venues and concerns, ideas and others of Jazz en Dominicana, from 2008/2009 in Jazz Dominicana en Casa de Teatro and Sunday Night Jazz & Blues @ Pata ´ E Palo, until today, in the fifteenth season of Fiesta Sunset Jazz. In duets, trios, quartets or more; whether with his own group, such as the Jazz Men, the Gustavo Rodríguez Trio or Quartet, or being the pianist of various projects, he has always been there.

Today he loves to accompany a large number of young people who are in various stages of their training; and Gus gives himself body and soul to these musicians, instrumentalists and vocalists, to many who in the future will be part of the jazz and popular music scene in our country.

We really can't contain our pride for what Gustavo does, day after day, for the sake of music in the Dominican Republic, which is why I begin this second part with a very simple question, to which he responded with brief but profound words...

Jazz en Dominicana (JenD): What, for you, is the balance between music, intellect and soul?

Gustavo Rodríguez (GR): It's like the thread, the kite and the sky.

JenD: You play, you arrange, you compose, you teach. What does each of these lines mean to you?

GR: They are all essential parts of the life of a musician. You have to compose, arrange, orchestrate, produce, and you also have to transmit knowledge as my teachers transmitted it to me. In music you have to have several corners to hold on to, and it is by giving that you receive.

JenD: How do you get young people interested in jazz, when most of the standards are between half a century and a century old?

GR: Every time I play and conduct, I give my all to each performance. And in this way I transmit to the young people who are coming up the attitude, the dedication and the energy that must be put into music.

JenD: You are currently a professor at the UNPHU School of Contemporary Music. How do you see the talent that is emerging and preparing for the future?

GR: It is a great opportunity for young people to soak up the knowledge transmitted by excellent teachers who make up the UNPHU music school.

JenD: For a long time you have been a mentor to many musicians and vocalists. How did the decision to help them on their journey in the world of music come about?

GR: As soon as I learned about the New Testament and Jesus Christ, it taught me to have love and compassion for my neighbor, as the first commandment says: love God above all things, and then love your neighbor as yourself.

JenD: If you could change something in the world of music, and it could become a reality, what would it be?

GR: The first thing I would do is reform music education and start with the orchestra system in all neighborhoods and towns, as happened in Venezuela. And that way we would get the youth off the streets.

JenD: What do you see as the next musical frontier for you?

GR: I would like to make my music known in all countries of the world.

Opinions:

JenD: What is your opinion on the state of jazz today in our country?

GR: I am very happy, because there are more and more people who follow jazz, and I thank God that here, in the Dominican Republic, you can live playing jazz, as I have done. There are radio stations that support jazz, there are spaces like Jazz in the Dominican Republic, the Puerto Plata and Casa de Teatro jazz festivals, etc.

JenD: What plans are there for Gustavo Rodríguez in 2024?

GR: I am releasing two productions: the jazz one and the one about the singers. And I hope that this will be to the public's liking and that they will receive it in a good way.

JenD: Gustavo, let's talk about the album production De Jazz en Cuando. When did it come to you? Why Latin Jazz?

GR: Alexis Brugal, from La Oreja Media, convinced me that I should release an instrumental album, with my own compositions and arrangements. And the Latin Jazz style... because I think that's the one I'm best at.

JenD: How many songs are on it? Are they all your compositions?

GR: This album is made up of 7 compositions of my own. I had some of them outlined, and the others, for the most part, I composed especially for this album.

JenD: Is there any song that stands out among them?

GR: I like all the songs equally, and this album...

JenD: Exactly, what does this album mean to you?

GR: It's like the crowning of all the work I've been doing with La Oreja Media.

JenD: Who's accompanying you? Where was it recorded?

GR: On drums, Otoniel Nicolás. On bass, Ernesto Núñez. On percussion, Edgar Zambrano. Saxophone, José Montano. On trumpet, Jhon Martez, and myself, on piano. It was recorded in my studio, with my piano that I adore. It was mixed and mastered in Spain, and I am very happy with the result.

JenD: You have already recorded several projects with La Oreja Media Group. What do they mean to you, to your career?

GR: All these projects have relaunched me, and I am very happy to have found people who believe in my music. And now Gus Rodríguez's career is really taking off.

JenD: Gustavo, in your words... – What would you like to add and share with our readers?

GR: I would like to end by saying that all of these productions have been made with heart and soul to exalt all of these Dominican and international talents, and I hope that you receive them with pleasure and know that there are many more things to come in the future, from Gus Rodríguez and La Oreja Media. God bless you all.

----- 0 -----

The QR code above will allow you to listen to the album Gustavo Rodríguez - De Jazz en Cuando on your mobile phone or other technological device.

Alex Díaz

--1 of 2--

Shortly after starting the Jazz en Dominicana at Casa de Teatro venue, our friend Julio "Julito" Figueroa, a percussionist, visited us, accompanied by a Dominican percussionist who lived in New York, named Alex Díaz. That night we began a great friendship, sharing about jazz, but above all, listening to his experiences about the great dominican musician Mario Rivera.

At the beginning of this year, I asked Alex to play at Fiesta Sunset Jazz on April 26 with his group in the Dominican Republic, accompanied by his dear friend, Puerto Rican saxophonist Iván Renta, to celebrate International Jazz Day to the rhythms of Merengue Jazz. In that conversation, the idea of doing an interview in which there would be no limits or filters to his answers arose.

Here is the first of two parts of this interview, the result of several telephone conversations between us. Before starting, here is a little about Alex.

José Alexis "Alex" Díaz was born in Baní, Dominican Republic. At the age of 16 he was already playing with Los Juveniles del Sabor, a band that included Rubby Pérez and Aramis Camilo. In 1980 he moved to New York, where he joined Hilton Ruiz's band, thus becoming known as one of the best conga players in that scene. This resulted in invitations to play with Tito Puente, José Fajardo, Chucho Valdés, Mario Bauzá and his Afro-Cuban Band, Dizzy Gillespie and the United Nations Orchestra, Xavier Cugat, Celia Cruz, Alfredo "Chocolate" Armenteros and Mario Rivera.

Heir to the concept of Merengue Jazz from his mentor, Mario Rivera, "El Comandante", his projects Son de la Calle, The Bebop Boogaloo Kings, Alex Díaz & His Merengue Jazz, and Alex Díaz & Santo Domingo AfroJazz have continued to create exquisite fusions of traditional jazz gems with merengue, as well as his own compositions and arrangements.

With this introduction we begin this interview with Alex Díaz:

Jazz en Dominicana (JenD): Who is Alex Díaz, according to Alex Díaz?

Alex Díaz (AD): Alex Díaz is a Dominican musician, from the Peravia and San Juan de la Maguana provinces, descendant of the last chief in San Juan de la Maguana, the great Guacanagarix. My roots are Taino and my blood, Taino. I emigrated to the United States with the intention of continuing in music and learning more music. I had the great opportunity that the maestro Tito Puente came to my house to give me music and vibraphone classes, and also the great maestro Mario Rivera, Patato Valdez, Mongo Santamaría, Daniel Ponce, Dizzy Gillespie, Emil Latimer,

Baba Olatunji, Jerry González and Andy González, among others.

JenD: Where were you born and raised?

AD: In Baní, until I was 20 years old; that's when I emigrated to the United States.

JenD: How did you get started in music?

AD: I studied at the José Reyes Music Academy in Baní. There I studied solfeggio and drums. I was already playing in the Baní Music Band at the age of 12, where I was paid for my services. In Baní I played with Julita del Río in El Bosque, a famous restaurant and dance place every Sunday. Also with Los Antillanos del Sabor and Los Juveniles del Sabor, with Aramis Camilo and Rubby Pérez; the musical director was Luichi Herrera. My first dishes were with Nina el Gago, famous throughout Baní; Yeyén, a bass player from my town. After that, I emigrated to the United States.

JenD: Why did you choose percussion?

AD: Percussion always attracted me. I wanted to study piano, but there weren't many pianos back then.

JenD: Who were and are your influencers?

AD: Ray Barreto, Eddy Palmieri, La Típica 73, Aldemaro Romero, from Venezuela, and Cachao y sus Descargas - with whom I was able to play, and with Tito Puente, at the Village- (on YouTube you can see the video: Tito Puente, Cachao and La Tormenta at the Village Gate in the 80s).

JenD: Who or what teachers helped you progress to the levels you have reached today? Where and how were your studies?

AD: Maestro Tito Puente was my teacher of mambo and Cuban music, also of vibraphone, which I still have (this was Cal Tjader's vibraphone -he shows it-, which he sold to Tito, and he to me); I also have some timbales and a shekere, and the batá drums that Julito Collazo made for him, so that Tito could use them in his famous CD Tito Puente en Percusión. Later, Mario Rivera gave me percussion and jazz classes to learn to play different rhythms from around the world and vibraphone classes; I also took classes in African rhythms with Mongo Santamaría, who gave me his famous red congas that he used in his best recordings. I took classes in Cuban songo and rumba with Daniel Ponce (Arturo Sandoval played in my first group - the group Kabiosile, - in which Tito Puente played, and lent me his orchestra for that recording; Chocolate Armenteros also participated). Patato Valdez taught me how to play congas, two, three, four and five congas, and how to tune them all. I met Dizzy Gillespie at the Village Gate, along with Baba Olatunji, and they also gave me classes and I played with them at the Village. Anyway, there are so many people who helped me become a better musician that I can't mention them all. I also studied African rhythms with the djembe in Buffalo, New York, and worked there with an African dance group; in Bani I played palos with Los Tácitos, who were number one there.

JenD: What albums have influenced you?

AD: The album Cocinando Suave, by Ray Barretto, Cachao y sus Descargas, Tito Puente on Percussion, Dizzy Gillespie Night in Tunisia; Thelonious Monk Piano Solo, Miles Davis Kind of Blue and the Irakere Group, Miguelito Cuní, Arsenio Rodríguez, Hank Jones Piano Solo and Tommy Flanagan Piano Solo.

JenD: From Bani to New York, what is the story?

AD: When I emigrated to New York, my wife at the time paid for my trip to the United States. The route was Haiti and Jamaica - that's where I met Bob Marley, at the Montego Bay airport -; from there we went to the Bahamas and finally, to Bimini, which is the island closest to Miami. We went by boat and swam to Miami. From there, a plane to La Guardia airport, and the rest is history.

JenD: How did you know Mario Rivera?

AD: I first saw Mario Rivera at the Cinema Centro, when he went to the Dominican Republic with the group The Salsa Refugees, which consisted of musicians Jerry González, Andy González, Hilton Ruiz, Steve Berrios and Catarey was playing on the tambora.

JenD: What was Mario Rivera's concept of Merengue Jazz?

AD: The concept was to take straightahead jazz songs and put Dominican percussion on them: merengue, pambiche, palos, too, and take our merengues and adapt them to jazz.

JenD: Where does the nickname La Tormenta (The Storm) come from?

AD: The nickname Tormenta Díaz comes from a drum roll combined with conversational accents with the piano and bass, within the same drum roll, and maestro Tito Puente baptized me like that, since I was like a storm, knocking down everything in the way. You can hear it on the track: Fly with the Wind, on my CD Seven; and live on YouTube Live in Miami, on the track Mambo Mongo. The "storm beat" is a complex drum roll, because it involves the entire rhythm section (Mambomongo by Alex Diaz, at the South Florida Dominican Jazz Fest 2015, by the great producer Peter Landestoy)

JenD: You have been playing for a long time, and in many styles and genres throughout all these years. How have these musical adventures been?

AD: It has all been like a university of music from around the world, blues and jazz, bossa nova with Airto and Flora Purim; Afro-Cuban with the Cubans Chucho Valdez, Paquito D´Rivera and Arturo Sandoval; Spanish music with the Xavier Cugat orchestra; from the Latin world in NY, with Tito Puente.

JenD: Name some of the groups you've played with, their styles or genres, and what they meant to you.

AD: Tito Puente (mambo, cha-cha-cha); Daniel Ponce (rumba); with Patato Valdés, Latin Jazz, as well as with Tito Puente. Xavier Cugat; I played with the Ronny Mathews Trio, with Hilton Ruiz, and we won the Charles de Gaulle prize in Paris, France, in 1984.

JenD: Besides playing with Mario, you have played with a "Who's Who" of jazz, Latin jazz, salsa, and Latin music. What did it mean to you to be able to play with Tito Puente, José Fajardo, Chucho Valdés, Mario Bauzá and his Afro-Cuban Band, Dizzy Gillespie and the United Nations Orchestra, Xavier Cugat, Celia Cruz, and Alfredo "Chocolate" Armenteros, among others?

AD: I have played a lot and with many... it is a long list. Let's put here some of the most significant ones for me...

I have played with Cedar Walton; Ronny Mathews Trio; Hilton Ruiz, on the album El Camino, with which we won the Charles de Gaulle award in Paris as the best Latin jazz group; I also won the award for Best Jazz Percussionist 2017 - The 39th Annual Jazz Station Awards.

In 2012 I recorded the CDCD Beyond 145th Street, which raised the musical level of the DR and for which UNESCO recognized me as the missing link for merengue to be a world heritage site, since others had done their part, but jazz was missing, and so I completed the cycle to give heritage to merengue, just as Brazil did with its bossa nova jazz.

I also played with the Queen of Salsa, Celia Cruz; I recorded with maestro Mario Bauzá the CD 944 Columbus Ave.; with Tito Puente # 87 Salsa meets Jazz; with the jazz group One for All, recorded live at the Smoke Jazz Club. As well as with Lionel Hampton, a CD that Tito Puente made; and I got to play with Tito Puente and Max Roach (great drummer) and Art Blakey, Airto Moreira and Flora Purim. I also played with the Roy Hargrove Septet and Big Band.

I worked in the 80s with all the jazz schools, which sent students to jam sessions in jazz nightclubs. I played in several clubs every night, where there were jam sessions. I was in charge of Latin Jazz.

I also recorded with Eric Alexander, who is one of the best musicians and saxophone teachers in New York, and with the piano master, Dave Hazeltine.

I also played with Freddie Hubbard, Danny Moore, Arturo Sandoval (who has already recorded on two of my CDs: Black Jazz and Live in Miami at the South Florida Dominican Jazz Festival). With Chucho Valdés, at the United Nations, for presidents from all over the world; I also did it with Tito Puente's group.

With my salsa group we have played in front of Manny Oquendo and his Conjunto Libre. Also hand in hand with the maestro Joe Cuba. I recorded with the Mexican jazz trumpeter Manny Durán, who was the trumpeter for Ray Barreto, a great composer.

I also played with the East Senegal African Dance Group, I played djembe in Buffalo, New York, with Emil Latimer, a great African percussionist.

And… last night, thinking back, I also remembered that I played with trumpeter Chuck Mangione.

This is where we end with this first part of the interview with Alex "The Storm" Díaz.

2 of 2

We begin the second part of our interview with José Alexis Díaz with the news about his upcoming performances in the Dominican Republic, on Friday and Saturday, April 26 and 27, both to celebrate International Jazz Day.

The first is at the renowned jazz venue Fiesta Sunset Jazz in Santo Domingo, and the second at the Centro Español, Inc., in Santiago. These will be top-notch concerts, very special nights. From New York come the well-known and beloved musicians Alex "La Tormenta" Díaz, a percussionist from Bani, and his partner in a thousand battles, Iván Renta, a saxophonist from Coamo, Puerto Rico, to perform together a performance of Merengue Jazz and more with their Santo Domingo AfroJazz at the Fiesta Sunset Jazz, on Friday 26th.

The heir to the concept of Merengue Jazz from his mentor, Mario Rivera, continues to perform exquisite fusions of traditional jazz gems with merengue in original arrangements, as well as his own compositions. For this concert, Alex and Iván will be accompanied by their formation in the country, called "Alex Díaz y la Santo Domingo AfroJazz", which is made up of local musicians Miguel Montás on drums, Daroll Méndez on bass and Samuel Atizol on piano.

For the concert in Santiago, Cuban saxophonist, based in the Dominican Republic, José E. P. Montano, will replace Iván Renta.

Let's continue with Alex's answers to our questions, as a result of our long conversation!

Jazz en Dominicana (JenD): Do you practice a lot? What routines do you use and recommend to improve musical skills?

Alex Diaz (AD): Practice makes perfect! In my youth, I would practice for hours and hours, without taking a break. One time, at Mario Rivera's house, I remember Dizzy Gillespie came over and we spent three days without taking a break, playing jazz. We did a merengue that Dizzy composed, and I played all the percussion.

JenD: Who is Iván Renta and what does he mean to you?

AD: Mario Rivera asked me and Iván Renta to continue with his merengue jazz or jazz merengue project. Iván Renta was an essential part of all my projects, for which I will be eternally grateful... for all his help, I consider him as if he were my son.

JenD: The most recent production was Alex Díaz & Santo Domingo Afrojazz - Merengue Orgánico. What did this work mean to you? What stands out from it?

AD: In this production we were the first to make merengues with the Hammond B3. The group does not use a bassist, since the bass used is the one that comes with the organ, and it is played with the feet. We have made, in this format, the tribute to Johnny Pacheco, and we are collecting the music with Alexis Méndez, to remember the master Papa Molina.

Alex Diaz's jazz discography:

1990 - Alex Díaz y Son de la Calle - Black Jazz

1995 - Alex Díaz - Sitting Bull Dance

2004 - Alex Díaz y Son de la Calle - En Vivo

2006 - Alex Díaz & The Bebop Boogaloo Kings

2009 - Alex Díaz y Son de la Calle - Merengue Jazz King - Homenaje a Mario Rivera

2011 - Alex Díaz & His Merengue Jazz - Beyond 145th Street

2013 - Alex Díaz - Seven

2016 - Alex Díaz & Santo Domingo AfroJazz - En Vivo - South Florida Dominica Jazz Fest 2015

2017 - Alex Díaz & Santo Domingo AfroJazz - Merengue Orgánico (Organic Merengue)

JenD: Is there a new album on the way?

AD: Yes, Remembering Papa Molina, his legacy.

JenD: What music do you listen to these days?

AD: A lot of jazz, blues and bossa-nova

JenD: What, for you, is the balance between music, intellect and soul?

AD: Music is joy and it is the best way to entertain the soul.

JenD: Alex, in your opinion, how do you see the talent that is emerging in the Dominican Republic? What do you think of the opportunities in the country?

AD: There is a lot of future in the country, but the government does not help and does not give opportunities to Dominican talents in jazz. They think that bringing musicians from outside, in other and diverse genres, is enough. I myself... I was never invited to any festival in the Dominican Republic, and of those that are invited, none contribute anything to the culture, or rather, to our

Dominican culture... because none of them respect merengue or Dominican music. It's a mafia-style group, who want to see X artist, and they take them to give themselves the pleasure of seeing them, then they take them to their houses and they do private concerts to satisfy their ego and their taste, and photos here, and photos there, the festivals are a great waste, they belong to a small group.

Dominicans outside the country are not given tickets or a hotel or anything (except for our great pianist). If you want, come and fuck yourself, while non-Dominican musicians are paid for tickets, good money, a good hotel, good food. Like in a festival to which I was invited (in the Dominican Republic), alone, not with my group... They said they would put together a group that would accompany me there... They told me to come and play. They didn't give me a ticket, a hotel or anything, so to speak, screw you... while the foreign percussionist who went was paid a lot of money, a hotel, a first class ticket and a newspaper article, and with what they paid me I couldn't take anyone, or pay anyone, or form a group, because it was a pittance. I had to play alone, luckily some of the musicians present felt sorry for me and a bassist and a pianist showed up who played two songs with me, it's a shame. That's how they treat their musicians, the Dominican Republic... those from outside, the foreigners are the ones who are worth it and those who are cleaning bags with the government in power.

JenD: If you could change something in the music world, and it could become a reality, what would it be?

AD: That in the Dominican Republic, Dominican musicians and their music be supported. The Ministry of Culture is there, but it doesn't help musical culture or jazz in the country.

It hurts me that with so many recordings made, with so much time playing in the United States, always representing my country, ensuring that our folklore is known through the fusions I make with jazz... one is not taken into account, one is not invited to play... I dream of the day that happens.

JenD: What do you see as the next musical frontier for you?

AD: I'm already getting tired of our voice not being heard, and it's always the same.

Opinions:

JenD: What is your opinion on the current state of jazz in our country?

AD: If Culture (the country's Ministry) doesn't support us, we're not going anywhere. Only Jazz in the Dominican Republic helps, without having support from anyone, neither from the government, nor from the Ministries of Culture and Tourism, which are there, but don't help.

JenD: The festivals?

AD: For me, there is a lot of mafia at the festivals, they don't help the Dominican musician who lives there, nor those who live outside the country.

The media and jazz (written, radio, digital and social)?

AD: There should be more jazz and blues radio programs, and for me the media doesn't support anything.

JenD: What other plans are there for Alex Díaz in 2024?

AD: Finishing the project of the maestro Papa Molina, but the reality is that nobody contributes anything.

Alex, in your words, what would you like to add and share with our readers?

AD: Let's support jazz mixed with our folklore, and the people who really do their best to have jazz like Jazz in the Dominican Republic, among others, doing it without having funds!

We thank Alex "The Storm" Díaz, for the time he dedicated to us in the conversations held for this interview. It is an honor for us to be able to share this series of questions and answers with our readers.

----- 0 -----

By clicking on the QR you can enjoy, on your mobile phone or other device, the album Merengue Orgánico by Alex Díaz & Santo Domingo AfroJazz on Spotify.

Carlos Marcelo

1 of 2

I met Carlos Marcelo in March 2012, when he was the main pianist for The Essential Maria Postell concert at the renowned jazz venue Fiesta Sunset Jazz. The American jazz singer had moved to Punta Cana from New York, and there she met Carlos, and he immediately became her pianist.

That night a great friendship was born, thanks to music, especially jazz, which has been a common denominator and fertilizer in the growth of music.

Through technology we were able to find some space to do this interview, which we publish in two parts. It is an honor to introduce you to my friend, Carlos Marcelo.

Carlos is a musician, composer, arranger, band leader, producer and businessman. General Director of Tonka Entertainment, a company that offers live music services, set-ups, sound, lighting, logistics and direction for weddings, events, celebrations and more.

Marcelo is a renowned jazz musician with an extensive career in Santo Domingo, the capital city of the Dominican Republic, and in the eastern part of the country, spanning locations such as Punta Cana and La Romana. Since 1999 he has captivated audiences on Mediterranean cruises and has directed music at prestigious venues such as the Romana Country Club and Casa Mono in New York. In 2009 he took on the role of musical director for Carnival Cruise Lines, bringing his art to various Caribbean countries. Upon his return, he founded Tonka Entertainment, a leading company in audiovisual services and public and private performances. His solid musical background includes studies at the Dominican Academy of Music, with Edith Hernández, as well as at the National Conservatory, where he specialized in modern harmony, under the tutelage of Professor Gustavo Rodríguez. His music has left an indelible mark on renowned stages, from Casa de Teatro to the Fiesta Sunset Jazz, the Altos de Chavón Amphitheater and the traditional Jazz at The Rock, held annually in Altos de Chavón. as well as the newborn Sunset Session at Api Beach, CapCana.

The following is the first of two parts of our interview…

Jazz en Dominicana (JenD): Who is Carlos Marcelo according to Carlos Marcelo?

Carlos Marcelo (CM): I am a passionate musician and composer, especially a lover of jazz and the values that surround it. Beyond my love for music, I define myself by my deep dedication to my family and my commitment to the musical community. I like to get involved in volunteer projects and I am always looking for opportunities to learn and grow, both personally and professionally. I value honesty and integrity in all my interactions, and I always seek to be someone others can trust. My passion for music is not only limited to my own enjoyment; I also love sharing that passion and fostering a vibrant and welcoming musical community.

JenD: Where were you born and raised?

CM: La Romana.

JenD: How did you get started in music?

CM: My musical history began around the age of seven or eight, when I became interested in music at the Protestant church I used to visit. There I started playing percussion, mainly congas, and around the age of eleven or twelve I also started playing drums, whenever I was allowed to, as there was an official drummer at the church. However, my true passion for music was influenced by my family. Both my paternal and maternal grandfathers were musicians, and my paternal grandfather was also a writer and teacher. As far back as I can remember, my uncle was always at home, with his guitar, which sparked my interest from a very early age. At the age of twelve, my parents enrolled me in a music academy, where I chose the piano as my main instrument. But even before that, in school, in fourth grade, I was so passionate about music and the piano that I used to climb over a wall to be able to play the piano, which was kept in the school library. My passion for music has been an integral part of my life ever since.

JenD: Why did you choose piano?

CM: I chose piano because I was convinced that it would give me the opportunity to immerse myself in the world of music in a new and exciting way. I remember that around the age of 11 or 12, an electronic keyboard arrived at church for the first time, which blew me away with its sound and all its possibilities. This experience reinforced my interest in learning music and drew me even more to the piano. I was captivated by the way melodies came to life under my fingers on the piano keys, and I was excited by the idea of learning an instrument that would allow me to explore different musical styles, from classical to jazz to pop. In short, I chose the piano because I felt a natural connection to it and was excited by the opportunity to learn and grow as a musician.

JenD: Who were and are your influencers?

CM: As for influences in my musical life, I can mention several people who have left a significant mark on my path. My brother-in-law, Juan Alberto Rodriguez, affectionately known as John, has been an important influence, even though he is not with us today. Samuel Mercedes, a prominent musician, trumpeter and guitarist based in the United States for the past 35 years, has played a fundamental role in my musical path. On an academic level, Professor Edith Hernandez, at the Dominican Academy of Music, also had a significant impact on my musical training. Other musicians, such as Chucho Valdés, Rubalcaba and, especially, Michel Camilo, have been sources of inspiration for me. Michel Camilo is considered the greatest exponent of Dominican music, and has been an emblematic figure for all Dominican pianists who venture into jazz. In short, these influences have been fundamental in my musical development and have contributed significantly to my passion for music.

JenD: Which teachers helped you progress to the levels you have reached today? Where and how were your studies?

CM: The teachers who have had a significant impact on my training and have brought me to the levels I am at are Edith Hernández, in classical music, and Gustavo Rodríguez in popular music, harmony and jazz. Edith Hernández taught me at the Dominican Academy of Music, while Gustavo Rodríguez taught at the Conservatory of Music, which I faithfully attended as an auditor. Both teachers have left an indelible mark on my musical development and I am deeply grateful for their influence and teachings.

JenD: You have been playing for a long time, in many places, in many styles and genres throughout all these years. How have these musical adventures been?

CM: Having the opportunity to play in numerous countries, for so many years, has been an incredibly enriching experience. Each country, each stage and each audience has brought a new perspective and a new nuance to my music. Connecting with people from different cultures through music has been deeply rewarding and has enriched my understanding of the world and myself as a musician. Furthermore, the cultural exchange and diversity of experiences have inspired and enriched my artistic creativity. From discovering new forms of musical expression to learning from the musical traditions and styles of each place, every moment on the road has been an exciting adventure and an opportunity to grow as an artist. I am incredibly grateful for every opportunity I have had to share my music with the world and I look forward to continuing to explore and share my passion for music in every corner of the planet.

JenD: Name some of the groups you have played with, their styles or genres, and what these were like for you.

CM: I had the opportunity to play with a variety of artists and groups, each with their unique style, which has enriched my musical experience. I have shared the stage with Danny Rivera, at a private event, which was an exciting and enriching experience. I also had the opportunity to collaborate with Lucecita Benitez, an iconic figure in Latin music. In Cuba, I played with the legendary Orquesta Aragón, immersing myself in the rhythms and energy of Cuban music. At jazz jamming events, I collaborated with Gustavo Rodríguez and Rubiel, a talented Cuban saxophonist, exploring new improvisations and musical fusions. In addition, I participated in jamming sessions with the Berklee College of Music, where Sandy Gabriel joined, an experience that broadened my musical horizons. I was also a special guest pianist for Ana Martín's Camareta, at the Teatro Cubano de Bellas Artes, a concert in support of culture that was a unique and enriching experience, where I was able to collaborate with Ana Martín, a prominent Cuban pianist. Her mastery and musical sensitivity created an inspiring environment where I was able to contribute with my music, reaffirming my commitment to art and cultural promotion.

JenD: Do you practice a lot? What routines do you use and recommend to improve musical skills?

CM: I don't practice as much as I would like. My role in the management of Tonka Entertainment, a leading company in musical and audiovisual entertainment in the Punta Cana area, consumes most of my time, and prevents me from maintaining my piano practice routines. Sometimes, weeks go by without playing, which I recognize I need to correct. However, when I need to regain my agility for a concert or other important occasion, I turn to Hanon's exercises from the book 'The Virtuoso

Pianist'. These exercises allow me to regain the agility lost during those periods of inactivity. I highly recommend Hanon's exercises to maintain agility on the piano, as well as Bach's inventions to work on hand independence. They are indispensable tools for any pianist looking to improve their technique and performance on the instrument.

JenD: Which albums have influenced you, for you?

CM: As for albums that have influenced my career, I can mention a few standouts. Among them are Chucho Valdés' 'Bele Bele en La Habana', which includes the beautiful song 'Tres Lindas Cubanas', as well as 'Jazz Batá', another notable work by Valdés. From renowned guitarist Pat Metheny, the album 'Still Life (Talking)' has been a source of inspiration, with its iconic piece 'Have You Heard'. Another album that has left a mark on me is Gonzalo Rubalcaba's 'Circuito'. Also, Michel Camilo's 'Caribe' has been a significant influence on my musical approach. These albums represent just a part of the wide range of influences that have shaped my style and approach to music.

JenD: What music do you listen to these days?

CM: These days, my playlist spans a variety of musical genres. I'm immersed in the world of Latin Jazz, enjoying its vibrant rhythms and rich fusion of styles. I also revel in the outrageousness of jazz and the infectious rhythm of swing, which always cheer me up. I am also exploring Smooth Jazz, immersing myself in its relaxing atmosphere and soft melodies. Recently, I have been captivated by a production by Rafael 'El Pollo' Brito, where he performs a selection of boleros. One of my favorites from this production is 'Cosas de tu Mente', which, although not related to jazz, captures my attention with its emotional depth. I also dive into the world of jazz fusion, exploring the complex harmonies and creative energy of this genre. This musical diversity reflects my constant search for inspiration and my appreciation for the variety of sounds that the world of music has to offer.

With the previous question we come to the end of the first part of this interview, the result of a long conversation between friends, cigars and music!

2 of 2

Today we continue with the second of two parts of the interview we conducted with Carlos Marcelo.

Carlos always has a big smile, is cheerful and entertaining, intelligent, very helpful, dedicated, a true friend of his friends!

As we have already said, he began his adventure in music on board cruises in the Mediterranean; then, in La Romana (the Country Club, the Victory Club, in Casa de Campo, among others); the famous Casa Mono restaurant, in New York; to play and coordinate musical acts in Carnaval Cruise Lines, touring a large number of countries. Upon his return, he continued playing in Santo Domingo, La Romana and Punta Cana, where shortly after he created his Tonka Entertainment...

So let's continue with my questions and his answers!

Jazz en Dominicana (JenD): What, for you, is the balance between music, intellect and soul?

Carlos Marcelo (CM): The balance between music, intellect and soul is crucial for a complete and meaningful musical experience. Music can nourish the soul, providing a deep emotional connection and allowing inner expressions to find voice through art. At the same time, intellect plays a major role, understanding music theory, structure, and the history behind compositions, enriching our appreciation and understanding of music. Ultimately, finding a balance between these aspects allows us to experience music in its entirety: it excites us, challenges us intellectually, and connects us to our deepest essence.

JenD: You play, you arrange, you compose. What does each mean to you?

CM: For me, playing, arranging, and composing represent the distinct languages with which I connect with music. Playing an instrument is like breathing life through the notes, letting my emotions flow freely, as I immerse myself in the sound world I create in the moment. Arranging music is like being a craftsman shaping a sculpture, taking existing works and transforming them into new forms of beauty that reflect my unique vision. And composing is like being an alchemist of sounds, fusing ideas, melodies and feelings to create something that has never existed before in the sound universe. Each facet of this musical trinity allows me to explore, experiment and grow as an artist, taking me to unexplored places of creativity and expression.

JenD: What is Tonka Entertainment and how did it come about?

CM: Tonka Entertainment is the result of my passion for music and entertainment, combined with my vision of creating unique and memorable experiences for the public. It arises from my deep love for music and my desire to share that passion with others. The idea began to take shape when I realized the potential it had to bring together local and international talent and offer top-level shows in the Punta Cana area and the east of the Dominican Republic. Over time, Tonka Entertainment has become a leading company in musical and audiovisual entertainment in the region, offering a wide range of services ranging from concerts and live events to audiovisual production services. Our goal is to deliver unforgettable experiences that captivate audiences and leave a lasting impression on the entertainment industry.

JenD: What is The Carlos Marcelo Jazz Collective and how did it come about?

CM: The Carlos Marcelo Jazz Collective came about as a result of an invitation from Jazz en Dominicana to participate in the New Orleans International Jazz Day, a special musical project. The motivation behind this initiative was to record the emblematic piece 'Caravan', which would represent the rich jazz culture of our country on International Jazz Day. Although it was a somewhat premature project, we managed to achieve our goal with passion and commitment. The talented artists who participated in this recording contributed with their talent and dedication, making this experience a true celebration of Dominican jazz and its diversity.

JenD: Will there be a record production on the horizon?

CM: Absolutely! We are excited about the prospect of a record production on the horizon. We feel that it would be a wonderful way to capture and share our passion for jazz with a wider audience. We are working hard on exploring the possibilities and hope to be able to offer more details about this exciting project soon.

JenD: If you could change one thing in the music world, and it could become a reality, what would it be?

CM: If I had the opportunity to change one thing in the music world and make it a reality, I would like to promote accessibility and equity in access to music education. I believe that everyone should have the opportunity to explore and develop their musical talent, regardless of their socioeconomic or geographic background. By making music education more accessible, we can foster diversity and inclusion in the music industry, as well as inspire future generations of musicians and music lovers.

JenD: What do you see as the next musical frontier for you?

CM: For me, the next musical frontier would be to further explore and merge different musical genres and styles. I am interested in continuing to expand my musical horizons and collaborate with musicians from diverse traditions and cultures, to create music that is truly unique and representative of our diverse world. I would also like to delve deeper into integrating technology into my creative process, leveraging new digital tools and platforms to experiment and share my music in innovative ways.

Opinions:

JenD: What is your opinion on the state of jazz today in our country?

CM: In my opinion, the state of jazz in our country is exciting and promising. We have witnessed significant growth in the jazz scene, with more local musicians exploring this genre and more spaces dedicated to jazz in the Dominican music scene. In addition, we have seen an increase in appreciation and interest by the public towards jazz, which has led to greater diffusion and visibility of the genre in our society. However, there are always opportunities to grow and develop further. I think it is important to continue supporting and encouraging musical education in jazz, as well as creating more opportunities for Dominican jazz musicians to collaborate, learn and grow together. With a continued focus on innovation and artistic excellence, I see a bright future for jazz in our country.

The festivals, the live jazz venues?

CM: Jazz festivals in the Dominican Republic are outstanding events, celebrating jazz music and culture in various cities across the country. These festivals usually offer a wide range of live performances, workshops, conferences and jazz-related activities. Living in the area, for me, the Cap Cana Festival is an incredible experience, celebrating the best of jazz in a spectacular setting.

In addition, there are spaces dedicated exclusively to live jazz, where you can enjoy jazz performances by local and international musicians in an intimate and cozy atmosphere, an excellent example being the Fiesta Sunset Jazz in Santo Domingo, which is held at the Dominican Fiesta every Friday. There are also clubs, bars and restaurants, where you can enjoy live music as an accompaniment to their food and drink offerings.

The media and jazz (written, radio, digital and social)?

CM: In the Dominican Republic, jazz is present in a variety of media, including newspapers, radio stations, websites and social networks. These media offer coverage of jazz events, album reviews and interviews with musicians, being important for the dissemination and promotion of music in the country. Thanks to people like you, Fernando, who have done their part to ensure that enthusiasm and interest in music fills us with cultural information and enriches us as a society. The importance of radio stations and programs, access to streaming platforms like Spotify and YouTube channels; social networks of musicians, promoters and others play an important role, connecting fans and artists. The diversity of media allows us to enjoy jazz everywhere!

JenD: What other plans are there for Carlos Marcelo in 2024?

CM: In 2024, as the head of Tonka Entertainment, I am focused on several key projects to continue to drive our company and the music scene in general. Some of my plans include:

1. Launching new events. We are working on planning and executing new music events that offer unique and high-quality experiences for our audiences.

2. Strategic collaborations. I am exploring collaboration opportunities with other artists, companies and organizations to strengthen our presence in the market and expand our network of contacts.

3. Developing local talent. We are committed to supporting and developing local talent, and we are working on initiatives to promote and highlight emerging musicians and artists.

4. Improving the customer experience. We are continuously reviewing our processes and services to ensure an exceptional experience for our customers and attendees at our events.

5. Innovation in technology and marketing. We are exploring new technologies and marketing strategies to effectively reach our audience and keep up with the latest trends in the entertainment industry.

These are some of the key goals we have for the year 2024, and I am thankful to God for the positive impact these projects will have on our company and the music scene in general.

Carlos, what would you like to add and share with our readers?:

CM: I would like to take this opportunity to express my gratitude to everyone who has supported my musical career and the work of Tonka Entertainment. Without your support and enthusiasm it would not be possible to continue doing what I love. I also want to encourage everyone to continue exploring and enjoying music in all its forms, as it is an endless source of inspiration and human connection. Also, I invite you to stay tuned for our upcoming activities and events, as we are committed to continuing to offer unique and memorable musical experiences. Thank you for being part of this musical journey with me!

Our thanks go to Carlos… for his time, his dedication, his enthusiasm and his spirit of charity towards us and this meeting that we share with our readers!

----- 0 -----

Invited by the New Orleans Jazz Museum to participate in its virtual celebration for International Jazz Day 2024, the Carlos Marcelo Jazz Collective and Jazz en Dominicana, from the Dominican Republic, present ¨Caravan (Latin Jazz Adaptation)¨, a composition by Juan Tizol, with arrangements by Carlos Marcelo and Oscar Micheli! It can be found on the Jazz en Dominicana YouTube page.

The QR above will take you to enjoy it on your mobile phone or other technological device.

Ivanna Cuesta

1 of 2

A while back, Javier "Javielo" Vargas and I were talking about the status of many students from the National Conservatory of Music who were about to leave for Berklee College of Music to attend various summer and full-time programs. Helen de la Rosa (drummer) had just won the presidential scholarship to the renowned institution, and Javielo told me that another one was coming after her, who would also give a lot to talk about: Ivanna Cuesta.

And so it was… I met her playing with various groups, including Atré, by Javielo himself, Gustavo Rodríguez Trío, Carijazz, Ejazz Son, various ensembles, and the Conservatory Big Band, among others. It always struck me that when she played, she always seemed to be "in the pocket," with great dedication and passion to give the best of herself for the benefit of others. She has possessed, from a young age, a wisdom that takes many years to gather; of a patience that calmed every group she played in, and always a warm smile and a reflection of her being towards others.

Before we begin with the questions and answers of our conversation, get to know a little about Ivanna. I hope you feel as proud as many of us in this country and around the world...

Ivanna Cuesta González is a Dominican-Colombian drummer, educator, and composer. She graduated from the Conservatory of Music of the Dominican Republic in 2015 and from Berklee College of Music in 2020, where she studied with some of the most renowned musicians such as Neal Smith, Terri Lyne Carrington, Francisco Mela, and Tia Fuller, among others. Ivanna has performed at numerous major events around the world, such as the Dominican Republic Jazz Festival, Monterrey Jazz Festival 2020, Panama Jazz Festival, Premios Soberano República Dominicana, Mary Lou Williams Jazz Festival 2022-2023, at the Kennedy Center, Monheim Triennial Festival 2022, Santo Domingo Jazz Festival 2014-2015, The Hamptons Jazz Festival, among others.

Ivanna was part of numerous important bands in the Dominican Republic, such as Sócrates García Latin Orchestra, Gustavo Rodríguez Trio, Javier Vargas and Atre, among others. Also in 2018, Ivanna became part of the Paiste Cymbals family.

In 2019, she won first place in the 18-39 years category of the "Hit Like a Girl 2019" contest, where she had the opportunity to perform at PASIC 2019, Indianapolis. As an evolving artist, Ivanna has performed with some of the world's leading artists including Esperanza Spalding, Aaron Parks, Kandace Spring, Concha Buika, Kris Davis, Aaron Goldberg, Leo Blanco, Jacques Schwarz-Bart, Nando Michelin Quartet, Tia Fuller, AlisaAmador (2022 NPR Tiny Desk Contest Winner), Sócrates García Latin Jazz Orchestra, Jane Bunnett & Maqueque, Pepe Rivero, etc.

Ivanna is also an educator, and her motivation is to share her knowledge as a professional drummer and musician with others. She has been invited to teach master classes at different schools and conservatories such as the University of Arkansas, the Conservatory of Puerto Rico, and the Conservatory of Music of the Dominican Republic.

In 2022, she was selected to be part of the Next Jazz Legacy program led by Terri Lyne Carrington, where she worked and was mentored by Wayne Shorter and Esperanza Spalding.

So let's start with the interview:

Jazz en Dominicana (JenD): "Who is Ivanna Cuesta according to Ivanna Cuesta"?

Ivanna Cuesta (IC): I am a Dominican musician, drummer and composer. I love jazz and electronic music. I am very passionate about learning about the different ways of seeing life that each culture has and that is why it is very important for me to always try to travel and see other realities. I feel very connected to the environment and I want to be able to contribute something to this important topic. As a principle, I have always been guided by treating others with respect, no matter what position I have.

JenD: Where were you born and raised?

IC: Born and raised in Santo Domingo, Dominican Republic, but to a Colombian mother and a Dominican father.

JenD: How did you get started in music?

IC: I was always surrounded by music, thanks to my dad and my uncles. Even though they don't play an instrument, I was always exposed to a huge variety of music and bands/artists like Pat Metheny, Yes, Rush, etc. when I was little. I think that helped me lean towards music from a young age, and so I started taking guitar lessons first, and then drum lessons, at the age of 12, but it was a short period. I played in church, the basics I knew about drums were that... literally, a rhythm and a fill (hahaha), but I never thought it would become my life. Then, I stayed away from music for many years, until I was 15/16, I think, when I started taking classical percussion classes at CAFAM, and this helped me reconnect with music and meet people who would help me in my future career. I always remember my teachers at that time (now, my colleagues) Marlene Mercedes and Claudia Reyes, insisting that I enter the CNM, hahaha. And well, in my last year of high school I decided to enter the CNM and after that it's all history.

JenD: Why did you choose the drums?

IC: I have always considered the drums to be the most fun instrument there is. And I think that also because of its complexity and the diversity of colors, textures, sounds that it can have, that makes it unique. The possibilities that this instrument offers are truly immense.

JenD: Who were and are your influencers?

IC: My biggest influencers are my parents, because that's where I really learned to take things seriously. My teachers, because they are the living example that you can make a living from music.

JenD: Who or which teachers helped you progress to the levels you've reached today? Where and how were your studies?

IC: I think that all the teachers (not just drum teachers) from whom I learned something at some point, were part of my growth. But, among the people who have marked my career, I must mention Rafael Díaz, Javier Vargas, Brito Antonio, from the Conservatory, also people like Gustavo Rodríguez and Sócrates García, who made me study with their music (hahaha) and I cannot forget Terri Lyne Carrington, Neal Smith, Francisco Mela and Kris Davis, teachers from Berklee, who opened my mind to something bigger than I thought.

JenD: Tell us about the National Conservatory of Music and what it meant to you.

IC: They are my family. I don't think I've ever found a place where studying was so cool, despite the setbacks. It was at the conservatory where I learned the basics that led me to where I am today. It was the space where I found a community of brothers and sisters who are part of the future of great Dominican musicians today. Here I learned not only the musical and academic part, but also to create habits of responsibility, practice, sacrifice and discipline as a human being.

JenD: Tell us about Berklee College of Music and what it meant to you.

IC: Berklee is the Major Leagues, hahaha. Really, the musical level that one can find there forces you to get the most out of yourself. At Berklee I was able to define my sound more and the direction I want to take as an artist. Not only did I take classes with people I admire, but then that developed into friendships with which I have been fortunate to work professionally in the real world.

JenD: Your beginnings in Santo Domingo. We saw you play with the CNM Big Band, Carijazz, Ángel Irizarry, Jazz Son, among others... What were or what did these groups mean to you, personally and in your growth?

IC: In these groups, they gave me the opportunity to live the reality as a musician, that is, to learn "on the street." All the members of these groups were looking for our sound and we had the space to experiment musically, without any ego. In addition, they are like my brothers and sisters from another mother, and there is no better way to make music than when there is a real friendship and we are all looking for the same thing, which is to enjoy, learn and make music.

JenD: Even though you are young, you have managed to play with many luminaries in jazz and other genres. How have these musical adventures been?

IC: It has been a dream come true, because I have learned a lot about the industry, but it has also given me opportunities to get to know other places in the world and to know what I want in my personal and professional life. I think it has also helped me to be able to play many styles and be open to other sounds and styles of music that are not so conventional.

JenD: Name some of the groups you have played with, their styles or genres, and what they were like for you.

IC: I have had the opportunity to tour several times with Jacques Schwarz-Bart, from Guadalupe, Afro Caribbean Jazz. Also with one of my favorite pianists, Kris Davis, free jazz/avant garde, playing in the USA and Germany. Aaron Parks, playing his music in New York, also with Esperanza Spalding, Concha Buika, Jane Bunnett & Maqueque and many more. And being able to play with people of this level has taught me how prepared one must always be, for when the opportunity comes.

JenD: Do you practice a lot? What routines do you use and recommend to improve musical skills?

IC: When I decided to dedicate myself to music, I practiced a lot. Nowadays, not as much as I would like because I don't have much time, but I have had to develop more mental practice. I would advise practicing daily, even if it's just 1 hour, but making it a routine. Listening to all kinds of music, not being closed to what I already know and like. Practicing reading, because it opens up other opportunities, and being humble in giving and receiving.

This is how we end this first part of the interview with Ivanna Cuesta.

2 of 2

I begin this second part of the interview with Ivanna Cuesta by expressing my deep gratitude for the time she has taken for this interview, knowing how busy she is with all the details of the release of "A Letter To The Earth". I am there, and we are very proud of her. We wish her much success with her first album and a great future that awaits this young woman with a big heart and passionate dedication to developing and sharing her gifts with the world!

Jazz en Dominicana (JenD): Which albums have influenced you, for you?

Ivanna Cuesta (IC): Wow, it's a tough one, but to name a few, it would be Pat Metheny Group, "The Road to You", Wayne Shorter, "Night Dreamer", Keith Jarret, "Standards Vol. 1 & 2", Esperanza Spalding, "Junjo", Tigran Hamasyan, "Shadow Theater", Avishai Cohen, "Gently Disturbed", Kris Davis, "Diatom Ribbons", Craig Taborn, "Daylight Ghosts".

JenD: You won the Hit Like a Girl Competition and then you were featured artist at PASIC19 - What did that mean to you?

IC: I didn't expect it, really. It was a really cool experience to be able to meet so many female drummers and be part of this community. It was something super crazy, because I even remember that after I had finished my performance at PASIC, when I was getting off the stage I received a message from Concha Buika's drummer at the time, asking me to finish the tour with Buika in Mexico the following week, so everything exceeded my expectations, hahaha.

JenD: You play, you arrange, you compose. What does each one mean to you?

IC: Playing drums is what I enjoy the most, and it was my way of getting into music. Arranging is a way of connecting with other artists' music and building a relationship. And composing has been one of my biggest goals that I always wanted to develop and, finally, I have undertaken my career as a composer for media/tv as well as my electronic music project Ivanova and my jazz project.

JenD: On June 7th you will be releasing your first album: "A Letter to the Earth". Share with our readers about this work.

IC: The concept of the album is a combination of Free Improv with electronic elements inspired by climate change issues. Since I was very young I have always been attracted to animals, nature and everything related to the environment. That was something that influenced my music and my way of living day to day. This album expresses my thoughts, feelings and frustrations about restoring our planet.

JenD: In "A Letter to The Earth"

Tell us the reason for the work

Who accompanies you?

How was the creative process of the songs?

What motivated you to compose all the songs and release the album?

IC: This album is a message of awareness in the face of a crisis that, in the end, affects us all, since we are part of this planet. And the best way for me to talk about this is through music, and to open those conversations in places where it may not be. I was blessed to work with colleagues I admire greatly and put all their creativity and good attitude into the creation of these tracks, they are: Grammy Award winner Kris Davis, on piano, Max Ridley on bass, Ben Solomon on saxophone, and as a special guest, Pauli Camou on vocals.

I wrote this music with each of them in mind as part of this project. Each one has a sensitivity when playing that makes them unique. I remember having a rehearsal with my ideas on a lead sheet and they just created magic with it. They knew how to respect my vision, but also brought a lot of ideas that elevate everything to make it better.

I can say that it was about time for me to put out music of my own as a band leader. I have always been playing other people's music, and this is my chance to bring my ideas and the topics that I consider important to me, to the table.

JenD: What, for you, is the balance between music, intellect and soul?

IC: Answering you about music, intellect and soul: the product of art is based on that, our conclusions, experiences and information that we acquire from life and the non-material part, which connects us with other beings, which would be the soul.

JenD: If you could change something in the world of music, and it could become a reality, what would it be?

IC: It's a difficult question, but I think it would change the music industry in general, because we are already deviating from music, which should be the main thing, to only see everything as a business of material interest.

JenD: What do you see as the next musical frontier for you?

IC: Currently, it would be to start my master's degree in jazz and continue working on my music, taking it to different stages, in order to create more awareness about the environment.

Opinions

JenD: What is your opinion on the current state of jazz in our country?

IC: I think that the education part has borne fruit, and now more so, with the close relationship that exists between the Conservatory and the Berklee College of Music, which has been beneficial for everyone. But we still have a very pigeonholed "jazz" and we lack more exposure to different sounds and aspects within it.

The festivals, the live jazz venues?

IC: A LOT IS MISSING!! I am grateful for the spaces that exist and the people who have maintained them, but they are limited and lack many things. And the festivals, well, don't even mention them. Really, without the support that is needed, it is difficult. And one, as an artist, knows that there is no better place to perform than in one's country, but there are not many possibilities and this implies an effort beyond the monetary.

The media and jazz (written, radio, digital and social)?

IC: I am really grateful to people and media that are really interested in jazz and, despite everything, continue working. But still, I don't know how equitable it is, since these jazz events don't have as much exposure for the general public, because it is not considered, perhaps, of much monetary gain.

The opportunities for musical education?

IC: I am very happy that more universities are including Music as a career, for example, UNPHU. Also what was achieved with Berklee College of Music is something that was in the process for many years and I think that now is when the good stuff is coming.

JenD: What music are you listening to these days?

IC: Many things, hahaha. Right now Gustav Mahler, Four Tet and Kris Davis.

JenD: What other plans are there for Ivanna Cuesta in 2024?

IC: This summer I have two presentations with my album, which makes me very happy. I will also be playing in different places with Jacques Schwarz-Bart, Jason Palmer, Jonathan Suazo and many other artists. And compose new music.

Ivanna, what would you like to add and share with our readers?

IC: I want to first thank you, Fernando, for all the support: thank you. And add that today I am where I am because of so many people who have helped me and given me a hand. Thank you so much, really. And that's it, I hope to go with my band soon and make a little mess, hahaha.

With the well-deserved thanks we come to the end of this Q&A with our Ivanna Cuesta González.

----- 0 -----

The QR code above will take you to enjoy, on your mobile phone or other technological device, their record production - A Letter to the Earth.

Carlos Herrand Pou

I have known Alicia Pou Lewis and her two children, Carlos and Rodolfo, for a long time. We were neighbors in Las Praderas. And I always had that special taste of seeing her as a selfless mother, dedicated to raising them, valuing the promotion of the free expression of each one as an essential part of their life learning process.

Then, we started with Jazz in the Dominican Republic and at the same time, through the National Conservatory of Music and Javielo Vargas, I found out about Carlos Herrand Pou and his nascent student career to prepare as a musician-drummer. Do you think Alicia was going to stop mentioning to me that he was her son, the little neighbor next door? No... As a proud mother, she let me know, and there we began a closer follow-up.

Continuing with the series of interviews for this 2024, we wanted to introduce a young person who is struggling, in various stages of their preparation and/or nascent career. This is how we recently saw the drummer Ivanna Cuesta, and it fills us with pride to see how there is a replacement in our jazz that will maintain it and make it grow in the days, months and years to come.

Carlos Herrand Pou (Cabeto) is a drummer, composer and educator. After participating in the 2015 edition of Berklee on the Road in Santo Domingo, he received a scholarship to join Berklee College of Music, where he specialized in Performance. He studied with renowned drummers Terri Lyne Carrington, Neal Smith, Francisco Mela and Yoron Israel. In 2017, he joined the prestigious Berklee Global Jazz Institute program at Berklee, where he studied under the tutelage of Danilo Pérez, Joe Lovano, John Patitucci, Terri Lyne Carrington and others. He received the Steve Gadd Award in 2017 and The Most Active Drummer Award in 2018. Cabeto received his Master of Music in Jazz and Contemporary Music from the renowned Longy School of Music, as a Presidential and Equity Scholar. He is currently a faculty member at the Community Music Center of Boston.

With this brief introduction we begin the exchange of questions and answers that we recently held.

Jazz en Dominicana (JenD): "Who is Carlos Herrand Pou according to Carlos Herrand Pou"?

Carlos Herrand Pou (CHP): Carlos is a product of his parents: Alicia and Rodolfo, and of his accumulated experiences: family, friends, romances, teachers, idols,

Dominican society... in short, many things came together for Carlos to be Carlos.

JenD: Where were you born and raised?

CHP: I was born and raised in Santo Domingo, Dominican Republic.

JenD: How did you get started in music?

CHP: My mother has always had good taste in music. I think growing up in a home where quality music was played definitely started my passion for music.

JenD: Why did you choose drums?

CHP: I always had a knack for rhythm, so it made sense to choose drums. Also, my brother's best friend, when we were younger, played drums, and on occasions when we would visit his house, he had a drum set and I was really drawn to that instrument.

JenD: How were your experiences at Berklee College of Music and the Berklee Global Jazz Institute?

CHP: My experience at Berklee was amazing. It's the best music school in the world for a reason. Berklee offered me a community of incredible people, from all over the world, who I now consider family.

JenD: You recently finished your master's degree at the Longy School of Music. What was it like and what can you tell us about this experience and this institution?

CHP: My master's degree is in Jazz and Contemporary Music. Longy is a very good school in Cambridge, which in my experience meant a lot, because it allowed me the opportunity to start over, post-pandemic. There I found mentors like Eric Hofbauer and Noah Preminger, who are currently part of my band.

JenD: You've been playing for a long time, in various styles and genres. How have these musical adventures been?

CHP: Each musical adventure is different. The good thing about this art is that it always finds a way to reinvent itself, and each experience is a fresh experience. I value my last adventure as much as the first.

JenD: Name some of the groups you have played with, their styles or genres, and what they meant to you.

CHP: I have had the good fortune to play with great artists that I admire; since I started in the Dominican Republic, especially Mr. Gustavo Rodriguez, they gave me the confidence to, even though I was new to the scene, play with them, connect with an incredible network of local musicians and grow as a professional, but also on that list are Federico Méndez, Javielo Vargas, Isaac Hernández and others. In my international work I have been able to play with people that I also admire a lot, such as George Garzone, Kevin Harris, Noah Preminger, Kris Davis, and colleagues who are contemporaries of mine, such as Ben Aler, Milena Casado, Carlie Lincoln, Daniele Germani, Temidayo Balogun, who are young people who are breaking it now!

JenD: You really like the jazz trio format. Why?

CHP: I think it's because of the influence that the Keith Jarrett Trio had on me. I think that the trio is a format that provides you with enough space to constantly interact and for all the participants to be, in some way, protagonists.

But the reality is that today, I'm just as happy playing solo performance as I am with a big band. Each format has its challenges.

JenD: Do you practice a lot? What routines do you use and recommend to improve musical skills?

CHP: I try to sit down at the instrument for at least 40 minutes a day. In whatever time I have, I try to practice snare drum pieces, independence, coordination, and developing ideas. I would recommend trying to take any exercise and see how you can interpret it in different ways! You always have to work the creative muscle. But, I interact with music in other ways too, playing guitar, composing, trying to keep up with new technology, etc. Being a musician these days takes a lot of time/energy, you have to know more than just playing the instrument.

JenD: What albums have influenced you for you?

CHP: We could really do an interview just about albums, haha. I'm naturally curious, I always try to seek out and listen to new sounds that inspire me.

Keith Jarrett - At the Blue Note

Pat Metheny - Letter from Home

Miles Davis - Kind of Blue

Herbie Hancock - Maiden Voyage

Paul Motian - Live at Birdland

Scofield/Metheny - I can see your house from here

John Mayer - Continuum

Yebba - Dawm

Immanuel Wilkins - Omega

Kurt Rosenwinkel - Star of Jupiter

Pedro Martins - Radio Misterio

JenD: What music are you listening to these days?

CHP: A lot of modern music, amazing young composers who are taking music into new areas, people like Julius Rodriguez, Pedro Martins, Daniele Germani, Aaron Parks, Deantoni Parks, Nate Wood, James Francis, James Blake. Like I said, I'm always looking for fresh sounds.

That's it for the first part of the interview. In the next one we'll touch on topics about his music, his role in teaching and some very personal opinions…

2 of 2

With the following we will complete the interview we did with Carlos Herrand Pou.

I'll start by sharing some words that really caught my attention about his person and teaching style. These are from the Community Music Center of Boston:

Carlos works to create an environment where students feel curious and inspired. His goal is to find creative ways to help students solve the problem so that the solution is meaningful and found. He is motivated by the process and the resolution of each student's unique problems, as he believes that a good teacher is not one who teaches craftsmanship but one who makes you aware of the possibilities of navigating the craft.

And I have seen the same in his music, an approach that varies according to each member of his group, with the same philosophy: not to give answers, but to look for them among all.

Through these nine years I have seen great growth, a marked maturity, a touch that is already his on the drums... and he is always "in the pocket"!

Let's continue then...

Jazz en Dominicana (JenD): What, for you, is the balance between music, intellect and soul?

Carlos Herrand Pou (CHP): Mind, body and soul. We must respect, value and exercise all three, to achieve balance. For me, music is my body, my day to day. The intellect is my mind, I stimulate it by studying, reading, listening to new music, having conversations. And the soul is the most intimate part, which is also exercised, in my particular case I stimulate it through meditations, and listening to Jesus, Buddha, etc.

JenD: You play, arrange, compose, teach. - What does each mean to you?

CHP: They are all manifestations of my passion for music, and my desire to serve and participate in my community. I have understood that just being 'good' is not enough. You have to contribute to the community with the talents that God has given us.

JenD: They've said you have a fresh and different approach to teaching, what is it?

CHP: Haha, I don't know about that. You'd have to ask whoever told you that. In my experience, I try to connect with the human first, and see how music can benefit that individual in their collective experiences, so that their relationship with music is more personal and they understand it in their own way.

JenD: How do you get youth interested in jazz?

CHP: Jazz is a symbol of 'I dare you', being curious, thinking outside of the box... I think if the individual's personality is compatible with what jazz "entails", then there would be an innate interest. But the reality is that jazz is not popular music; so if there is someone who is interested, that person has to take responsibility for stimulating that interest.

JenD: How do you feel about being part of the Community Music Center of Boston?

CHP: CMCB is a great institution. It's been around since 1910 and has its values and mission well established. It gives me the opportunity to be an active participant in the community, whether it's teaching or performing. The team I work with is amazing and we're very well connected in Boston.

JenD: How do you see the talent that's emerging and preparing for the future?

CHP: I see them as very prepared. The generation now is very daring and fearless, which is exactly what's needed in the arts. You have to have a clear vision of what you want and know how to execute it.

JenD: Have you thought about putting out a record?

CHP: Yes, I have it ready, but I haven't done the administrative work necessary to make the record available to the public. But I feel that before the year is over, It'll be 100% out.

JenD: If you could change something in the music world, and it could become a reality, what would it be?

CHP: That it would have more economic support in equitable terms, and that most of the money in the industry is not monopolized by a minority.

JenD: What do you see as the next musical frontier for you?

CHP: The technological part behind the music, haha. I would love to take production classes and see the whole trio from a different perspective.

Opinions:

JenD: What is your opinion on the state of jazz today in our country?

CHP: I think it is better than when I left in 2015, hahaha. Thanks to the work that the music institutions are doing there; special mention for the National Conservatory and Javier Vargas. Young people today have more opportunities to study abroad, there is more access to information, and that motivates them to be better musicians, regardless of the style they play.

The festivals, the live jazz venues?

CHP: I'm not really aware of the current jazz spaces... I only know yours, Fernando, and I also think that you have been key in promoting jazz culture in our country.

The media and jazz (written, radio, digital and social)?

CHP: As I told you, I'm not very aware of jazz culture in our country, maybe this should serve as a lesson for me to find out a little more and be more involved in that sense.

JenD: What other plans are there for Carlos Herrand Pou in 2024?

CHP: I have some concerts and workshops that I'm very excited to participate in this summer. And, definitely, releasing my album before the end of the year is something that is also in the plans.

Carlos, in your words, what would you like to add and share with our readers?

CHP: Keep the curiosity active, that is the source of constant renewal. I love you, and see you soon!

Our thanks to Cabeto, for taking the time, for his well-developed and presented answers, and for being who and how he is. We'll be seeing him soon, as we'll have him with us at the Sunset Jazz Party around July 23rd!

64 FERNANDO RODRIGUEZ DE MONDESERT

----- 0 -----

The QR code above will take you to enjoy, on your mobile phone or other technological device, the full concert on Youtube: The John Kleshinski Series Presents the Carlos Herrand Pou Quartet - As In Life, So In Music

Iván Carbuccia

From the very beginning of Jazz en Dominicana en Casa de Teatro, we have had the presence and support of guitarist Iván Carbuccia, either as the leader of his project or as part of other ensembles. Throughout all these years he has continued to share his talents with musicians of all ages and a large audience that comes to enjoy his genius in all our spaces.

We have managed to forge a great and deep friendship, which began with our mutual love and respect for music and its performers. Recently, I met him at the Fiesta Sunset Jazz and while he enjoyed his rum with cranberry juice we had an excellent meeting to generate the interview that we publish today through a series of questions and answers.

Iván Carbuccia is a guitarist, composer, arranger, band leader and musical director. He is recognized as one of the most electrifying and experienced musicians we have in the country, masterfully handling the languages of jazz, blues, rock, funk, disco, pop, and our Dominican popular music, especially fusion, son, bachata, merengue and others.

Carbuccia, in addition to having his own jazz group, has been guitarist and director of the group Fernandito Echevarría & La Familia André, member of Licuado de Crispín Fernández, Frank Green & Mañanaladie, co-founder of Jazz´tabueno, the RD Blues Band and Blues Tren, among others.

Below, we share the content of our conversation:

Jazz en Dominicana (JenD): Who is Iván Carbuccia according to Iván Carbuccia?

Iván Carbuccia (IC): A dreamer who has never wanted to put his feet on the ground.

JenD: How did you get started in music? Why the guitar?

IC: My father was a guitar teacher, and I sang with my mother; there were always several guitars in my house.

JenD: Who were and are those who have influenced you?

IC: I started playing rock, so I was influenced by many rock guitarists, such as Alvin Lee, Carlos Santana, Ritchie Blackmore, Jimi Hendrix, Eric Clapton and Stevie Ray Vaughn. In jazz, my first big influences were Wes Montgomery and Joe Pass. Also Mike Stern, Scott Henderson and Larry Coryell.

JenD: How did you start your studies?

IC: My father taught me to play, and by the age of 15 I was playing with him on his television show. I also studied classical guitar with a private teacher for a year. Unfortunately, he died and I did not continue studying.

JenD: Who or which teachers helped you progress to the levels you have reached today? Where and how did you study?

IC: Although I did my first studies with Professor Carbuccia and Professor Mané Pichardo, I consider myself self-taught. I studied basic classical harmony, I also got a few harmony books from Berklee College of Music in Spanish, and I devoured them. And as many harmony books as I could find, I studied them (How to Improvise, by Oscar Peterson, Orchestration for Popular Music, and others.)

JenD: What genre(s) do you like the most, and why?

IC: Definitely, the blues, because you have to put knowledge aside and play it with your heart. The blues is more feeling than anything else.

JenD: You've been playing many styles and genres with various groups, and for a long time. How has this helped you, or is it helping you?

IC: It has made me a multi-genre musician and has expanded my work horizon, I'm called to record a ballad or a rock, as well as a merengue, a jazz or a bachata.

JenD: Name some of the bands you've played with, their styles or genres, and what they were/meant to you.

IC: La Familia André (fusion), Licuado (latin jazz), Brahmins (rock), Mañanaladie (latin rock), RD Blues Band (blues and jazz), my own jazz trios and quartets. Playing for bands led by other people helps you see how they view music, and that becomes experience for future work.

JenD: Do you think you have your own style? Your own sound?

IC: I think so. I've always been a champion of authenticity, for better or worse, of being yourself. It's gratifying when someone tells you: "I passed by such and such a place, heard a guitar playing and said: that's Ivan."

JenD: Do you practice a lot? What routines do you use and recommend to improve musical skills?

IC: When I was young, I practiced 8 hours a day, even watching TV with the guitar in my hand. Now my practice is reduced to rehearsals. Skills are acquired by playing; practice makes perfect.

JenD: Which albums have influenced you, for you?

IC: Incredible Jazz Guitar (Wes Montgomery), Three Quartet (Chick Corea), The Trio (Joe Pass, Oscar Peterson and Niels-Henning Ørsted Pedersen)

JenD: Do you have any of your own compositions?

IC: Yes, I have about 10 jazz compositions.

JenD: Have you thought about recording a record of your own?

IC: I am organizing and compiling the compositions I have made to record them this year. There are even some from the 70s and 80s.

JenD: Do you teach classes?

IC: Yes, I teach harmony and improvisation classes.

JenD: What is Afro Dominican jazz for you? Does Afro Dominican Jazz exist today?

IC: For me, all Latin jazz that has our folkloric drums is. I think that Josean Jacobo and Hedrich Báez are two very good exponents of that genre in the country.

JenD: What is your opinion on the current state of jazz in our country?

IC: There are and always have been many good young jazz musicians in the country, and even more so now that universities offer music courses. Unfortunately, there is not much demand.

Iván, answer the first thing that comes to mind:

Iván Carbuccia: a dreamy musician.

La Familia André: an incredible group, a true family, of which I was proud to be the musical director.

Frank Green: my brother, an excellent artist and creator of a unique style of Latin rock with humor.

The guitar: my true heritage.

JenD: What music do you listen to these days?

IC: Nothing in particular. In general, I listen to the music I have to play and some other things that friends send me through the networks.

JenD: What do you see as the next musical stage for you?

IC: Recording my musical production and continuing to play live. Nothing like those applauses and displays of satisfaction from the public.

JenD: What plans are there for Iván Carbuccia in 2024 or 2025?

IC: The truth is, I would like to write about my 52 years of experience in music.

Iván, what would you like to add and share with our readers?

IC: I feel very grateful for the displays of affection and admiration that I have felt and the support that people have given me over the years: Thank you! Support Jazz in the Dominican Republic, which is one of the few channels we have to spread our music. And finally, I would like to encourage the new generation of musicians to have their own voice. Thank you!

I am very grateful to Iván, for the time that this great musician, human being and friend took to share with me!

----- 0 -----

The QR code above will take you, on your mobile phone or other technological device, to enjoy the presentation of Iván and his trio, the song Mambo Influenciado, in the former Jazz en Dominicana space at Casa de Teatro.

Román Lajara

We were preparing for the Richard Bona Band concert with Rafelito Mirabal & Sistema Temperado, in October 2011, at the Jaragua Hotel, when I was contacted by a Dominican musician living in France who had just arrived in New York and had begun to play with the great Cameroonian musician.

That's where the friendship between Román Lajara and me was born, one that we have maintained through social and electronic media, contacting each other to always be aware of what we were doing, he, there, I, here.

It was very pleasant when I received the news that Román had been invited to play, on April 30 of this year, at the All-Star Concert, for the International Jazz Day 2024 in Tangier, Morocco. His participation was with a song that was a mix of jazz, Cuban music and Arabic music; and, among the musicians who accompanied him on stage was the renowned Marcus Miller on bass!

Román Lajara plays the guitar, the banjo and the tres; He is a composer and arranger with a unique and exciting voice in the world of modern music. Born in Santo Domingo, Dominican Republic, Lajara grew up with a passion for all musical genres, but with a special love for jazz and Latin music. After expanding his musical horizons by studying in France and Brazil, he traveled to New York, where he began playing with Richard Bona, Luisito Quintero, Paquito D' Rivera, and John Benítez, among others. His skill with the guitar, banjo, and tres have made him a sought-after musician by artists of many genres. He received a Grammy and Latin Grammy nomination for his performances on Doug Beavers' Titanes del Trombón. Currently, he plays with the Guataca Quartet, among others, in New York.

With that introduction we begin our interview:

Jazz en Dominicana (JenD): Who is Román Lajara according to Román Lajara?

Román Lajara (RL): A music lover!

English:JenD: Román, where were you born and raised?

RL: I was born in Santo Domingo, and we moved with my mom and my older brother to Spain when I was 9 and then finally to France when I was 10.

JenD: How did you get started in music?

RL: Specifically when I came to Europe, maybe as a response to the cultural and family shock. But I was lucky to be born into a home that loved music and art in general. Also my father was an "amateur" drummer and played a little guitar. So I could say that for as long as I can remember, I was always surrounded by music, all kinds of music.

JenD: Why did you choose the guitar?

RL: Like many guitarists, I discovered Jimi Hendrix. He had a big impact on me.

JenD: How did you get into banjo and tres?

RL: Interesting question, since for me they are two sides of the same coin. They fulfill, for me, the same rhythmic function. Also, both instruments are "noisy", they respond to a pragmatic need for volume (since at the time they were created, there was no amplification). Continuing with the similarities, they are two folklore instruments and limited by their range. In fact, one of my future projects is to do a "crossover" between American Hillbilly music and Latin music.

I first started with the tres, when I was 16. At that time I was already in France, and interested in Latin music and Cuban son, I got together with a group of Cuban musicians who oriented me more towards the tres. Shortly after, an uncle living in San Juan, Puerto Rico, sent me one. Later, I fell in love with the banjo when I heard Bela Fleck, and toured the Midwest and South of the United States.

JenD: Who were and are your influences?

RL: Chick Corea, Bill Evans, The Beatles, Herbie Hancock, Debussy, Ravel, Jimi Hendrix, Paco de Lucía, Miles Davis, Jobim, Milton Nascimento, Ivan Lins, Juan Luis Guerra, Rubén Blades, Toninho Horta, Pat Metheny and George Benson, to name a few. I owe them an eternal debt.

JenD: Who or what teachers helped you progress to the levels you have reached today? Where and how did you study?

RL: I consider myself a musician by "ear". I started out self-taught. I only had one very good jazz guitar teacher, Philippe Troisi, when I was 16 and I was already at a more advanced stage, technically. At 22, after completing a Master's degree in Political Science, I entered the Conservatory in France, where I obtained the "gold medal" in jazz. Finally, I emigrated to New York City, to study jazz, where I graduated, obtaining a Master's degree in Jazz Performance from the Aaron Copland School of Music, Queens College. There, two teachers had a great influence on me, Michael Mossman, trumpeter and arranger, and Antonio Hart, saxophonist.

JenD: Tell us about your experiences in France, Brazil, and the United States.

RL: I have had the great privilege, since I was little, to travel a lot, even when I lived in the Dominican Republic, we traveled around the entire country and I lived for two years in Las Terrenas. Afterwards, I was lucky enough to live in several countries, and paradoxically, that emphasized my "Dominicanness," even though I don't live there. I have to mention that my stay in Brazil was special, since I am a fan of Brazilian music and Brazilian culture, which is actually very similar to Dominican culture.

JenD: You have been playing for a long time, and in various styles and genres. How have these musical adventures been?

RL: Very enriching musically, and they have also given me an advantage, professionally, since in the modern world everyone specializes, too much, in my opinion.

JenD: You have played with Richard Bona, Paquito "D´Rivera and John Benítez, among others. What and how were these experiences for you?

RL: They were always "classes" and very good experiences. With Richard Bona it was a dream come true. With Paquito I have good memories, including one time we played in 2021 with Janice Siegel, from Manhattan Transfer. John Benítez, another bass genius, has been a "battle" partner since he arrived in New York. He even accompanied me on bass for my jazz master's graduation recital.

JenD: Do you practice a lot? What routines do you use and recommend to improve musical skills?

RL: I practice a lot, but not enough; the guitar is a world. I wish I had several lives, so I could practice all the different types of guitars, and the different musical genres! As a routine, I practice the technical catechism of scales and arpeggios, but I think the best way to improve is to transcribe music and try to get as close as possible.

JenD: Which albums have influenced you?

RL: Chick Corea's Light as a Feather and My Spanish Heart, The Beatles' The White Album, Bill Evans' Since We Met, Paco de Lucía's Zyryab, Jimi Hendrix's Axis: Bold as Love, Pat Metheny's Bright Size Life, Jobim's Matita Pere.

JenD: What music are you listening to these days?

RL: A lot of Brazilian music, especially a composer and guitarist called Guinga. I've also been listening to a lot of jazz guitar genius Sylvain Luc, a Frenchman who unfortunately passed away recently.

JenD: What is the balance between music, intellect and soul for you?

RL: For me, it's all linked, but the soul is the most important thing.

JenD: You play, arrange, compose, teach. What does each mean to you?

RL: Playing is an existential necessity for me, as well as a professional one. Arranging is a creative challenge with limitations; composing is a liberation, and teaching is transmitting my love for music and trying to pay my eternal debt to the giants of music.

JenD: Do you have your own record production?

RL: Despite having already appeared in thousands of record productions since I began my musical career, I do not have my own production. That is my next goal!

JenD: You have received Grammy and Latin Grammy nominations for "Hoy es domingo" and "Buena Vida", by Rubén Blades and Diego Torres. What did this life experience mean to you?

RL: It filled me with joy, but my true reward was being in the studio before, with idols like Rubén Blades or the pianist Gonzalo Rubalcaba, for that production.

JenD: How did you get to the Global All-Star Concert for International Jazz Day in Tangier? Who accompanied you and what song did you play?

RL: I was called by the American pianist, arranger and musical director of the concert, John Beasley, to do a segment of Latin jazz, Cuban music and Arabic music. I was accompanied on percussion by Rhani Krija (percussionist for Sting and Peter Gabriel), harmonica player Antonio Serrano (Paco de Lucía) and Marcus Miller on bass. I played a medley, including "Tangier Bay" by Randy Weston, Lágrimas Negras by Miguel Matamoros, and two Moroccan folk songs. At that concert and the days before, I had the privilege of sharing a dream come true with another idol, Herbie Hancock. I still can't believe it!

JenD: If you could change something in the music world, and it could become a reality, what would it be?

RL: This makes me think of Koenigswarter's Pannonica book "The Baroness of Jazz", which helped jazz musicians a lot (Charlie Parker, Monk, etc.) and then he wrote a book called "Three Wishes".

To answer your question, I would say that my dream would be for the music industry to change and be more diverse and less concentrated as it is today, commercially, with reggaeton or urban music. I remember that in the 80s and 90s there was more diversity on the radio.

JenD: What do you see as the next musical frontier for you?

RL: Making my first record production!

JenD: Where are you currently pursuing your career?

RL: I have been based in New York for 13 years.

JenD: What other plans are there for Román Lajara in 2024?

RL: Many concerts, recordings, and a tour of Colombia and Australia, with the Latin Jazz group of maestro Luisito Quintero (percussionist of the late Chick Corea, and Jack DeJohnette among others). And, who knows, going to play in the patio!

Román, in your words, what would you like to add and share with our readers?

RL: Please, continue supporting jazz and good music in the DR, and thank you, Fernando, for your work!

Our thanks to Román, for his time, for his passionate dedication to following his dreams, and for being our ambassador around the world.

----- 0 -----

The QR code above will take you to your mobile phone or other technological device to watch Román's performance at the International Jazz Day 2024 All-Star Global Concert from the Palace of Arts and Culture in Tangier, Morocco on April 30. The video contains the full concert; Román with bassist Marcus Miller are accompanied by the event's main band, starting at 1:09:58.

Daroll Méndez

1 de 2

Since the beginnings of Jazz en Dominicana, a young boy went weekly to see his heroes play, such as Joe Nicolás, Otoniel Nicolás, Josean Jacobo and others, enjoying them greatly. In a very short time he started playing bass in his jam sessions, accompanying many young jazz projects on the instrument, as well as experienced groups. Always dedicated to them, with a gift of service out of the ordinary for someone of his age; a boy who liked to teach others what he was learning. Intelligent, humble, helpful, in eternal search; student and at the same time educator. That's how I met him and that's how he continues to be... Daroll ... with his eternal smile...

Daroll Méndez is a bassist, arranger and musical director. He is a close and committed artist; recognized for his versatility, approach and mastery of the electric bass, double bass and Baby Bass, providing the required identity in each artistic project. Graduated in Contemporary Music from UNPHU, and trained at the National Conservatory of Music, with Joe Nicolás as his first teacher and pillar. 14 years of experience in musical groups and projects, concerts, awards, national and international festivals such as: BarranquiJazz, Dominican Republic Jazz Festival, Panama Jazz Festival and Salem National Historic Site. He has accompanied international artists such as Concha Buika, Danny Rivera, Néstor Torres, Ed Calle, Mushy & Joel Widmaier and Álvaro Torres. He has accompanied groups and singers such as Xiomara Fortuna, Cecilia García, Maridalia Hernández, José Duluc and Los Guerreros del Fuego, Javier Vargas and Atré, Isaac Hernández and Orquesta Papa Molina. Recently, he recorded for Diego Jaar, Constanza Liz and Alex Ferreira. Bassist for the projects of Josean Jacobo, María del Mar, Omar Quezada and Pororó, as musical director.

With this introduction we begin our interview with Daroll Méndez, whom we are honored to introduce to you through this publication, which due to its content we will deliver in two parts. The first begins with the following question:

Jazz en Dominicana (JenD): Who is Daroll Méndez according to Daroll Méndez?

Daroll Méndez (DM): I am a person who has always sought to grow and contribute to his environment with and through art.

JenD: How did you get started in music? Why the bass?

DM: Music was around in my house, we were united by dance and, particularly, music always captivated me; my mother got me a guitar teacher. However, I saw a video of Louis Johnson, and I knew that would be my instrument. Then, I saw a video of Ramón Orlando with Joe Nicolás and I was sure that I would study bass... without imagining that years later, Joe Nicolás would be my teacher.

JenD: Who were and are your influencers?

DM:

- My father, Rolando Méndez, who, in his youth aspired to be a bass player, in addition to helping me complete the cost of my first bass.

- Roger De La Rosa, brother in life and music, who has guided me with his broad musicality.

- Joe Nicolás, my electric bass teacher at the Taller del Músico and the National Conservatory of Music.

- Javier "Javielo" Vargas, my music studies teacher and mentor.

- Josean Jacobo, colleague and musical teacher.

JenD: How were your studies?

DM: I studied all my school years at the Los Prados Educational Center, where I met the De La Rosa brothers, who motivated me to enter the National Conservatory of Music in 2010, previously preparing myself at the Taller del Músico, the musical academy of maestro Joe Nicolás.

JenD: The National Conservatory of Music? The International School of Contemporary Music at UNPHU?

DM: I was admitted to the National Conservatory of Music in 2010, one year after finishing my high school diploma. Here I developed a five-year curriculum, which lasted until 2015, with subjects such as music reading, music history, electric bass, harmony, arrangement, composition, and ensemble. However, I got to this point, but I didn't perform my graduation recital.

In 2016, the Universidad Pedro Henríquez Ureña, within the Faculty of Architecture and Arts, opened a Bachelor's Degree in Contemporary Music, directed by Corey Allen, in which a classmate and fellow drummer, Daniel Canario, applied for scholarships for this degree, funded by the Ministry of Youth in 2017. A group of musicians such as Diego Ureña, later winner of the Michel Camilo Scholarship at Berklee College; Emmanuel Roque, among others, were awarded the prize. I graduated with a degree in contemporary music by the end of 2022.

JenD: Electric or acoustic bass, which do you like more and why? The Baby Bass?

DM: I love each one separately, since each one of them has its own personality and produces, in each format and/or musical genre, standard and particular results. I started with the bass guitar, better known as the electric bass. Then, I continued with the acoustic double bass, as well as the Baby Bass, which is an electric double bass, both of which have broadened my artistic horizons as a professional in music.

JenD: You have been playing many styles and genres with various groups. How has it helped you or is it helping you?

DM: It has fed, in a great sense or beyond measure, the versatility that accompanies me on this journey. I am always ready to learn and explore everything that music can offer me.

JenD: Do you consider that you already have your style? Your sound?

DM: I could say that I continue to develop my artistic personality, where these points could be broken down as style, sound, technique, stage presence. Expressing that I am seeing everything more clearly with what represents me and maturing towards myself as an artist. I summarize that I know how I sound and, for that reason, I continue to investigate all the corners of Daroll Méndez.

JenD: Until now you have been playing as a member of various groups. Do you have plans to lead a group yourself?

DM: Of course. Precisely all this that we could consider a career as a musician/artist, has been part of a sowing and harvest for what would be a musical project led by me… letting us see and hear what all this has been, is and will be about to come out. Soon there will be signs, and not smoke…

This is where we come to with the first part of the interesting meeting with Daroll.

2 of 2

Pianist, composer, arranger, band leader and educator Josean Jacobo tells us: Daroll Méndez is, definitely, one of the best trained bassists of this generation, and with his own style, he has been taking over a space in contemporary Dominican music. His versatility has placed him on stages of all kinds of scope and playing diverse musical genres, from jazz, fusion, pop, tropical music and even musicals.

With this introduction by Josean we publish the second and last part of our interview with Daroll Méndez:

Jazz en Dominicana (JenD): You have recorded with many. With whom and how were those experiences?

Daroll Méndez (DM): I have had the privilege of being taken into account when an artist and/or producer needs to record an electric bass, double bass or Baby Bass. Each experience, at the time of recording, is particular, from the studio where it is recorded, the engineer who operates and whatever may occur in this very live situation.

I have recorded individual songs, complete productions, live sessions, music for films, TV specials and more. Here are some of the charming and interesting proposals in which I have been able to contribute with my art for other artists such as Pororó, Josean Jacobo, Isaac Hernández, Javier Vargas & Atré, Lena Dardelet, Diego Jaar, Constanza Liz and many more.

JenD: Have you started composing?

DM: During my time as a student at the CNM, I started composing. However, I can say that I have dedicated myself more to the craft of musical arrangement.

JenD: What is Afro Dominican jazz? Does Afro Dominican Jazz exist today?

DM: For me, Afro-Dominican jazz is a musical genre based on the fusion of various elements, such as Dominican folklore with jazz.

JenD: You have participated in festivals outside the country. With what groups? Where? How have these experiences been?

DM:

- BarranquiJazz Festival (Barranquilla, Colombia): Josean Jacobo & Tumbao (2016).
- Panama Jazz Festival: Global Stage. Josean Jacobo & Tumbao (2018).
- Salem Maritime Festival (Salem, MA, USA) Josean Jacobo & Tumbao (2018 and 2019).

Opinions:

JenD: What is your opinion on the current state of jazz in our country?

DM: Our country is special, because of how musicians develop proposals with a lot of export potential for the large markets of this genre. However, many projects are not as profitable and they drop out, due to the genre or the project itself, leaving it as just another stage in their own artistic career.

The festivals, the live jazz venues?

DM: Beyond any season, we cannot fail to mention the great space that has been formed at the Dominican Fiesta Hotel, the Fiesta Sunset Jazz, by Jazz in the Dominican Republic. In Santiago, Jazz Mondays have had various spaces over time. After that, different productions through festivals and theaters: Michel Camilo Concert, Casa de Teatro Jazz Festival, Dominican Republic Jazz Fest, in Puerto Plata, Punta Cana Jazz Fest, Jazzmanía, produced by Iván Mieses, on Wednesdays at the Arturo Fuente Cigar Club, who also annually produce La Gran Fumada, in which Arturo Sandoval has been a special guest. On August 16, the Restauración Jazz Festival was held, produced by Iván Fernández. There were also several editions of the Portofino Jazz Festival.

The media and jazz (written, radio, digital and social)?

DM: The ones I have most recently: Besos y Abrazos, with Raquel and José. Música a las 12, with Octavio Beras Goico. The Jazz Blog/Page in the Dominican Republic, with a current schedule of jazz events in the country. César Namnúm, with its live broadcasts (and through compasillo.com) of outstanding concerts from local jazz festivals.

JenD: Answer the first thing that comes to mind about the following.

Daroll Méndez – *Me.*

Jazz – Music.

The Bass – My catapult.

The CNM – My house.

The UNPHU – My title.

Josean Jacobo & Tumbao – A school.

JenD: What plans are there for Daroll in 2024?

DM: Everything the universe wants for me.

JenD: Daroll, what would you like to add and share with our readers?

DM: I hope you stay tuned for the series of interviews that will follow after mine; and for my part, we come with music that will honor this part that I express here.

The QR above will take you to your participation in the launch of Navegando con el Viento (Josean Jacobo) at The Hostos Center for the Arts & Culture New York City with Josean Jacobo Trío in July 2021. Which you can enjoy through your mobile phone or other technological device.

Jhon Martez

1 of 2

The first edition of Berklee in Santo Domingo was about to begin, and we were filled with great enthusiasm and pride for the achievement of this activity, a dream of my great friend Francisco Javier Vargas Heredia (Javielo), a very dear guitarist, composer, arranger, band leader and, above all, educator. Our son Sebastian would be there. Talking with Javielo, a child, a trumpet player, caught my attention, and Javielo told me who he was and what was expected of that young boy, a prodigy on the instrument.

These were days of intensive study, with lectures and classes that covered theory, ear training, improvisation, ensemble performance and instrumental instruction. Days in which a series of master classes were held by Berklee professors and special guest artists in composition, arrangements and songwriting, both individually and in ensemble groups.

Keep an eye on Jhon Martez, our Sebastian and so many others who would be the future of our jazz and other genres... and then other versions followed, and one marveled at the growth of "the boys."

Jhon Rafael Martez Melenciano was born in San Cristóbal, and began his musical studies at the age of four, with the help of his parents. At the age of nine, he entered the National Conservatory of Music, where he was first trumpet of the CNM Big Band, as well as the Juan Pablo Duarte Symphony Orchestra, the Youth Symphony Orchestra and soloist on two occasions of the National Symphony Orchestra. At the age of nine, he discovered his passion for jazz in the first Berklee program in Santo Domingo and today he is studying, on a scholarship, at the prestigious Berklee College of Music.

Below is our last interview of this 2024, which we publish in two parts, in which we are honored to announce the result of the conversation with Jhon. So let's start this first of two:

Jazz en Dominicana (JenD): "Who is Jhon Martez according to Jhon Martez"?

Jhon Martez (JM): I describe myself as a humble and fighting young man, with many dreams and goals.

JenD: Where were you born and raised?

JM: I was born and raised in the Dominican Republic, in a family of musicians; my father, a saxophonist, my mother, a singer, and my siblings (Junior, "saxophonist," Isaac, "pianist," and my little sister followed my mother's path, so she is a "singer"). All my siblings started with the trumpet, but decided to play other instruments, due to the difficulty of the trumpet. As a little kid, I would walk around with the trumpet, dragging it across the floor, as if it were a cart. Sometimes I would talk through the mouthpiece and ask my dad to watch me play until one day, instead of talking, I was able to get sound out of it and from that moment on, everything changed. That first musical note was when I was four years old and, luckily, my father was nearby and listened, surprised, and asked me to play it again and from that moment on he started giving me music lessons, becoming my first teacher.

JenD: How did you get started in music? Who were and are your influencers?

JM: I grew up under the musical influence of my parents and my older brothers, which helped me get into the National Conservatory of Music at just 9 years old. I spent five years taking classes with the great master Juan Arvelo (trumpet teacher) and Professor Javier Vargas was the one who motivated me to go into the world of jazz, allowing me to enter the Conservatory's Big Band. At 13 years old I became the first child to attend a Berklee program at that age and I am currently in my penultimate semester.

JenD: Are there other musicians in your family?

JM: My father is a saxophonist; my mother is a singer and my brothers Junior (saxophonist), Isaac (pianist) and my little sister, who followed my mother's path, is a singer.

JenD: Who or which teachers helped you progress to the levels you have reached today? Where and how were your studies?

JM: My father was my first music teacher in general, so, thanks to God and to him, I was able to learn all the basic elements. Then, I took classes with Professor Juan Arvelo, at the National Conservatory of Music, which helped me a lot with trumpet technique. Javier Vargas was my first jazz teacher, and he was the one who made me lean a little more towards the popular department, which was a great help in getting into the Berklee College of Music.

JenD: You started at the National Conservatory of Music, what were those years and experiences like?

JM: I started at the Conservatory at the age of 9. It was very difficult to get in, since the minimum age was 16, but they gave me the exam by mistake and I passed with outstanding grades. Despite my age, they had to let me in! I had many nice experiences, since I was the only child at that time, and my dad had to accompany me to all my classes; there were also some differences (in treatment) due to my age and awkward moments, but it was an unforgettable experience.

JenD: You participated in the Berklee programs in Santo Domingo in the first stage. How were the programs, the intense days? Is that where your scholarship to Berklee College of Music came from?

JM: I attended three consecutive summer programs at Berklee, since due to my age they could not give me the four-year scholarship, but in my last five-week I auditioned in Boston and won a full scholarship to attend that famous higher education institution.

JenD: How has this time in Boston been?

JM: I am currently experimenting with different rhythms, not only jazz, doing various fusions and producing my own songs, not only playing trumpet but singing and playing other instruments, such as the saxophone.

JenD: You have been playing in many styles and genres. How have these musical adventures been?

JM: As I said, I am currently experimenting with different rhythms, not only jazz, but also Afrobeat, House, salsa, R&B, soul, among others. I am also doing various fusions and producing my own songs, not only playing trumpet but singing and playing other instruments such as the saxophone and trombone.

JenD: Name some of the groups you have played with, their styles or genres and what they meant to you.

JM: I have had the opportunity to play with the National Symphony of the Dominican Republic, Gilberto Santa Rosa, Isaac Delgado, Bárbara Zamora, among other artists. In the country, with Jordi Masalles and his Tiempo Libre. I also have my own group in Boston, which has helped me win two competitions at the university.

JenD: Do you practice a lot? What routines do you use and recommend to improve musical skills?

JM: Before entering Berklee I practiced eight hours a day, which helped me a lot to become what I am today. Currently, due to classes and other occupations, I don't have as much time as I used to have.

That's it for the end of the first part.

2 of 2

Jhon is very dedicated to performing in the country, every time he comes on vacation or for specific events, such as jazz festivals (Sajoma, Casa de Teatro, among others). Every time he comes he plays at our Sunset Jazz Party, where, in various trio and quartet formats, he has been showing the levels of competence that he has been acquiring at his higher education institution, the Berklee College of Music, turning each night into a complete delight for the large audience that can appreciate his growth, the depths of his training, to be part of the musical scene of the country and the world... now, in the present, and tomorrow, in the future!

We continue, then, with the second and last part of our interview with Jhon Martez.

Jazz en Dominicana (JenD): What, for you, is the balance between music, intellect and soul?

Jhon Martez (JM): For me, music has a lot to do with the soul, and depending on what you listen to is how you are going to feel. Music is more powerful than we think, and it even has the power to heal illnesses. It is of the utmost importance to pay attention to what we listen to.

JenD: Which albums have influenced you, for you?

JM: The albums that have influenced me the most are Kind of Blue by Miles Davis and the Clifford Brown & Max Roach album.

JenD: What music are you listening to these days?

JM: I love jazz, but I listen to a bit of everything. I really like listening to and playing salsa, since in my opinion, it has a lot of influence from jazz. I also like listening to R&B and House.

JenD: You play, arrange, compose, sing. What does each one mean to you?

JM: Playing, composing and singing are ways of expressing myself. When I play the trumpet I feel inspired, like in my beginnings, but when I sing or compose it is more like a way of letting off steam or expressing what I feel. I do all three at the same time when I produce my songs. I always try to add my special touch, which is the trumpet, which makes my songs more special for me and for the people who listen to them.

JenD: You have already released two productions: Jhon Martez - Jazz Resurrection, Vol. 1 and Vol. 2; are there more on the way?

JM: My new single is coming, in which I lean a little bit towards the commercial part. I will soon release an afrobeat, and by December I will be releasing several jazz singles.

JenD: How did the idea or need to make your first record productions come about?

JM: It was a dream that I had in my heart for a long time. When transcribing my favorite artists, I thought of a scenario, interpreting those songs, but adding new colors and ideas, and this is what, thanks to God and these excellent musicians, I have achieved. I grew up listening to my father play most of them on his saxophone, and he also helped me with the selection. This work is the continuation of the project I started last summer with Volume 1. I decided to record and share Jazz Resurrection Vol. 2 to continue this sequel, I plan to release Volume 3 for my summer vacation next year, and so on.

JenD: If you could change one thing in the music world, and it could become a reality, what would it be?

JM: If you could change one thing in the music world it would be the musical education of today's youth, because in my opinion, I feel that teachers are not as demanding as they used to be, and students are not giving their best anymore, which is why we no longer have as many stars like Clifford Brown, among other young jazz players who were practitioners (the best) and were young. We are also living in a bit of a dangerous time, since everyone wants to be an artist and because of technological advances, anyone can make a song, which makes the music industry saturated.

JenD: What do you see as the next musical frontier for you?

JM: My next musical frontier is the dream I've always had: to become an artist and enter the top of the best trumpet players!

JenD: What is your opinion on the state of jazz today in our country?

JM: Jazz in the Dominican Republic is becoming more and more recognized, although it could have been more supported, but little by little, it is being recognized more by young people.

JenD: What other plans are there for Jhon Martez for the remainder of 2024 and the first months of 2025?

JM: I have played at several jazz festivals in Boston and the Dominican Republic, with my band. I am happy for the opportunities that God has given me. In a few days I will be representing the Dominican Republic and Berklee at the Dominican embassy in Washington, D.C., among other activities and concerts.

And, I am currently preparing to launch myself as an artist, not just as a trumpet player. I will soon release a new song, in which I will be showing all my skills. The song is an afrobeat, in which I sing and play the trumpet, to make the public understand that I am not only a jazz player, but an artist and composer. I currently have over 80 songs and I am planning to release them, all produced and written by me. Within these songs there are various rhythms and fusions, which makes everything even more interesting.

Jhon, what would you like to add and share with our readers?

JM: We are living in difficult times, since saying "no" or calling a person's attention and telling them what is right and what is wrong has been lost. Many times, teachers and people say that something is right just to not make the other feel bad, and that makes standards and future artists no longer as successful as they used to be before. Sometimes we live the lie of calling bad or repetitive music "commercial", but I am one of those who say that quality commercial music can be made, and a clear example is Juan Luis Guerra.

Music is more powerful than we think!!!

Our thanks to Jhon for his time, and we encourage our readers to follow his career, which will bear much fruit for jazz, in the Dominican Republic and around the world!!

----- **0** -----

The QR code above will take you to enjoy, on your mobile phone or other technological device, their second album: Jazz Resurrection, Vol 2

A Dominican Jazz Sampler - Playlist by Jazz en Dominicana

During the year 2024, several musicians and groups, including pianist Gustavo Rodríguez, drummer Ivanna Cuesta, saxophonist Luís Disla and the group Retro Jazz, released albums. These are the most recent additions to the discography of Jazz in the Dominican Republic!

The Playlist we have prepared is made up of a selection of jazz songs made by Dominican musicians and/or groups, and which are found in their diverse and varied productions.

Music by, among others: Dario Estrella, Mario Rivera, Michel Camilo, Alex Diaz, Juan Francisco Ordoñez, Rafelito Mirabal & Sistema Temperado, Oscar Micheli, Yasser Tejeda, Pengbian Sang & Retro Jazz, Proyecto Piña Duluc, Josean Jacobo, Isaac Hernandez, Joshy Melo, Wilfredo Reyes, Jose Alberto Ureña, Gustavo Rodriguez, John Martez, Alexander Vasquez, Sly De Moya, Javier Rosario, Isaac Hernandez, Gustavo Rodriguez, Ivanna Cuesta, and Luis Disla.

Please note that this is not a definitive selection of our Jazz. Tracks will be added over time. We have tried to have at least one track from each musician who has released a record production.

In the QR in the image above you can enjoy the playlist through your cell phone.

The "QR (Quick Response Code) code allows us to listen instantly, through a mobile phone or other technological device, ** Download a QR Code reader application, available in the Google Play Store, if you have Android, or the App Store, if you have Apple technology.

About the Author

Fernando Rodriguez De Mondesert

Fernando Rodriguez De Mondesert was born in Santo Domingo, Dominican Republic; at a very young age moved to the United States where he lived and went to school in Hempstead, NY. He then studied at the University of Houston and exercised his early career with Hilton Hotels until 1982 when he returned to his home country. From 1983 to 2008 dedicated to the transport and freight logistics sector; having been, among others: Operations Manager of Island Couriers/Fedex; Manager - Air Division for Caribetrans, and Country Manager of DHL. In 2006, he created Jazz en Dominicana, and since 2008 he has been dedicated to informing, promoting, positioning and developing jazz in the country and Dominican jazz to the world.

Via Jazz en Dominicana, the cultural gestor and promoter has developed a series of products and services that complement the mission chosen for this musical genre. These include:

- Writer: He has written over 2,500 articles in the Blog; his articles have been published in Dominican national newspapers such as: "Listín Diario", "Hoy", "El Caribe" and "Diario Libre". He currently has a monthly column titled "Hablemos de Jazz (Let's talk about Jazz) in Ritmo Social. He writes in the famous site All About Jazz in English. He is a member of the Jazz Journalist Association.

- Creator and producer of live Jazz venues: these have held more than 1,450 events since September of 2007. The venues currently are Fiesta Sunset Jazz, and Jazz Nights at Acropolis in the city of Santo Domingo.

- Concert Producer: The World Jazz Circuit stands out, in which great artists such as Peter Erskine, John Patitucci, Frank Gambale, Otmaro Ruíz, Alain Caron and Alex Acuña were presented; the concerts that for 12 consecutive years have been performed as part of International Jazz Day, among others.

- Liner Notes writer and producer of record production releases. To date he has written the Liner Notes for 14 albums, and produced 11 CD release concerts.

- Others: Speaker in events and others on the genre; participation in radio programs; taking Dominican groups to international festivals; since its inception he has been a member of the panel of judges for the 7 Virtual Jazz Club Contest, in 2022 he was chosen as President of the Jury for the 7th version of the contest; among others.

- He has received multiple awards, including: the Ministries of Tourism and Culture of the Dominican Republic, UNESCO, Centro Leon, International Jazz Day,

Herbie Hancock Institute of Jazz, Universidad Pedro Henriquez Ureña (UNPHU), Casa de Teatro, Festival de Arte Vivo, the New Orleans Jazz Museum, and MusicEd Fest, amongst others. In 2012 won the Casandra as Co-Producer of the Concert of the Year: Jazzeando (Dominican Republic´s Oscars/Grammys).

- In 2021 he was the first winner of the Ukiyoto Wordsmith Awards

Winner of the Global Blog Awards 2019 Season II. This is now the seventh title that has published by Ukiyoto Publishing Company, the others being: *Jazz en Dominicana - The Interviews 2019* (February 2020); *Women in Jazz ... in the Dominican Republic* (February 2021); *Jazz en Dominicana - The Interviews 2020* (April 2021); *Jazz en Dominicana - The Interviews 2021* (February 2022); *Jazz en Dominicana - The Interviews 2022 (April 2023), Jazz en Dominicana - The Interviews 2023 (May 2024); Jazz en Dominicana - The Interviews 2024.*

These publications open a window to various actors who have been, are and will be part of the jazz scene in the country. The books published to date contain interviews with 52 musicians and 10 producers of festivals, events and radio programs; as well as the presentation of 50 women, who have contributed and are contributing enormously in all styles and in all periods of the history of jazz in the Dominican Republic.

By the above mentioned, Fernando has and will continue to contribute to the culture of music, especially Jazz, in the Dominican Republic.

www.ingramcontent.com/pod-product-compliance
Lightning Source LLC
LaVergne TN
LVHW041701070526
838199LV00045B/1155